DALLAS
DALLAS
DALLAS
DALLAS
DALLAS
DALLAS

NOIR
NOIR
NOIR
NOIR
NOIR
NOIR
NOIR

CRIME SCENE
FICTION

CUTTING EDGE: NEW STORIES OF MYSTERY
AND CRIME BY WOMEN WRITERS
Copyright © 2019, edited by Joyce Carol Oates
Originally published by Akashic Books, New York
(www.akashicbooks.com)
Todos os direitos reservados.

Imagens internas © 123RF.
© Laurel Hausler, 2019

Tradução para a língua portuguesa
© Camila Fernandes, 2022

Diretor Editorial
Christiano Menezes

Diretor Comercial
Chico de Assis

Gerente Comercial
Giselle Leitão

Gerente de Marketing Digital
Mike Ribera

Gerentes Editoriais
Bruno Dorigatti
Marcia Heloisa

Editores
Lielson Zeni
Paulo Raviere

Capa e Projeto Gráfico
Retina 78

Coord. de Arte
Arthur Moraes

Coord. de Diagramação
Sergio Chaves

Designer Assistente
Guilherme Costa

Finalização
Sandro Tagliamento

Preparação
Isadora Torres
Monique D'Orazio

Revisão
Aline TK Miguel
Iriz Medeiros
Milton Mastabi
Vanessa C. Rodrigues

Impressão e Acabamento
Ipsis Gráfica

DADOS INTERNACIONAIS DE CATALOGAÇÃO NA PUBLICAÇÃO (CIP)
Jéssica de Oliveira Molinari CRB-8/9852

Damas Noir / organizado por Joyce Carol Oates ; tradução de Camila
Fernandes. — Rio de Janeiro : DarkSide Books, 2022.
240 p.

ISBN: 978-65-5598-170-4
Título original: Cutting Edge

1. Ficção norte-americana — Coletânea
I. Oates, Joyce Carol II. Fernandes, Camila

22-0912   CDD 813

Índices para catálogo sistemático:
1. Ficção norte-americana - Coletânea

[2022]
Todos os direitos desta edição reservados à
DarkSide® *Entretenimento LTDA.*
Rua General Roca, 935/504 — Tijuca
20521-071 — Rio de Janeiro — RJ — Brasil
www.darksidebooks.com

CRIME SCENE FICTION

Organização
JOYCE CAROL OATES

DAMAS NOIR

**LIVIA LLEWELLYN, S.J. ROZAN, LISA LIM,
LUCY TAYLOR, EDWIDGE DANTICAT, JENNIFER MORALES,
ELIZABETH MCCRACKEN, BERNICE L. MCFADDEN,
AIMEE BENDER, STEPH CHA, S.A. SOLOMON,
CASSANDRA KHAW, VALERIE MARTIN, SHEILA KOHLER,
MARGARET ATWOOD, JOYCE CAROL OATES**

Tradução
CAMILA FERNANDES

DARKSIDE

sumário

Introdução .11

PARTE 1:
Seus Corpos, Nossos Eus

LIVIA LLEWELLYN
Numa Noite Dessas .22

S.J. ROZAN
A História do Mundo em Cinco Objetos .38

LISA LIM
A Fome .46

LUCY TAYLOR
Bando de Lunáticos .62

EDWIDGE DANTICAT
Favor Traduzir .76

PARTE 2:
Um Infortúnio Todo Seu

JENNIFER MORALES
O Menino sem Bicicleta .86

ELIZABETH MCCRACKEN
Um Espécime Primitivo .102

BERNICE L. MCFADDEN
UAN S/A .114

AIMEE BENDER
Cidade em Chamas .126

STEPH CHA
Ladrão .140

PARTE 3:
Homicídio

S.A. SOLOMON
Impala .152

CASSANDRA KHAW
Mães, Nós Sonhamos .166

VALERIE MARTIN
Il Grifone .178

SHEILA KOHLER
Miss Martin .200

MARGARET ATWOOD
Seis Poemas .216

JOYCE CAROL OATES
Assassina .228

INTRODUÇÃO

FEMININO

> *Antigamente, todos os lobisomens eram machos.*
> MARGARET ATWOOD

Será que existe um *noir* caracteristicamente feminino? Será que existe, como muito já se discutiu, uma voz dita feminina, essencialmente diferente da voz masculina? Neuroanatomistas revelaram que há distinções significativas entre o cérebro feminino e o masculino do *Homo sapiens*, embora nada que indique um comportamento específico, tampouco inteligência, talento ou traços de personalidade superiores. Em outras palavras, há diferenças neuroanatômicas entre seres femininos e masculinos, assim como há diferenças fisiológicas óbvias entre os sexos, mas tudo isso é modulado por inúmeros outros fatores — herança genética, formação familiar, educação, cultura, ambiente.

Sabemos que *noir* não tem a ver com um tema, mas é uma espécie de música, uma música sombria: tem a ver com sensibilidade, tom, atmosfera. A severa e estoica melancolia do *Nighthawks,* de Edward

Hopper. Os objetos sombreados e solitários na obra pictórica de De Chirico. Não as superfícies planas e amenas ao sol, mas o drama tonal do *chiaroscuro*. A música de Robert Johnson, Billie Holiday, Lena Horne e Nina Simone. A trilha sonora de Miles Davis para o *Ascensor para o Cadafalso*. O erotismo sombrio da poesia de Sylvia Plath, fundindo desejo, furor sexual, anseio indescritível. "Emoções em estradas molhadas nas noites de outono" (Wallace Stevens). Os próprios títulos *A Marca da Maldade*; *O Último dos Valentões*; *Um Beijo Antes de Morrer*; "Kiss Me Again, Stranger [Beija-me Outra Vez, Desconhecido]". Não chegam a ser pessimistas, mas rigidamente realistas, livres de ilusões românticas, à espera de pouca bondade, resignados ao pior. O *noir* é um tipo populista de visão trágica, que faz da paixão de um homem por uma mulher, no *noir* tradicional, algo muito irônico e muitas vezes letal — não profundo, como na tragédia clássica, mas uma confirmação de como é o mundo (real): enganoso, punitivo. Muitas vezes, ainda que não inevitavelmente, o *noir* é desilusão ou fúria romântica/sexual. As últimas palavras de Harry Morgan em *Ter e Não Ter*, de Hemingway, são puro *noir*, desespero elevado ao nível da sabedoria: "... um homem sozinho não tem a menor chance".

Já sobre uma *mulher* sozinha, Hemingway nada tem a dizer. De fato, no *noir* o lugar das mulheres até bem pouco tempo se limitava a dois: musa e objeto sexual. Como Edgar Allan Poe observou, "a morte de uma bela mulher é, indubitavelmente, o tema mais poético do mundo".

Honoré de Balzac afirmou que, por trás de toda grande fortuna sempre há um crime. Certamente, por trás da maior parte das grandes obras literárias, sempre há um crime, ou vários — o solo rico e fecundo no qual floresce o *noir*. Na nossa atual república norte-americana, numa era de corrupção pública indisfarçada e de escândalo impenitente, o *noir* parece ter se espalhado como pequenas gotas de antraz num reservatório.

O que distingue o *noir* feminino provavelmente não seja um estilo de prosa identificável, nem mesmo uma sensibilidade predominante, mas uma perspectiva: a tradição *noir* da ficção literária e dos filmes feitos nos Estados Unidos tem sido predominantemente masculina, portanto nossa perspectiva é dirigida pelo homem; no *noir* feminino, nosso ponto de vista, com uma boa dose de variação individual, é o da observadora, o da atriz, o da agente. De repente, o masculino se torna o objeto do olhar da protagonista, que por acaso é mulher. (Embora algumas mulheres observadoras em *Damas Noir* enxerguem o feminino do ponto de vista lésbico, como na homenagem de Aimee Bender a Raymond Chandler e ao *noir* de Los Angeles, no provocante "Cidade em Chamas". Em "O Menino sem Bicicleta", de Jennifer Morales, a perspectiva lésbica, que não se esquiva do confronto com a violência física [masculina], passa a incluir também um olhar terno, maternal e protetor.)

O que há muito tempo é um fenômeno cultural aceito, tão integrado à ordem natural das coisas quanto o próprio corpo físico, é revelado pelo olhar feminino como determinado culturalmente e, portanto, mutável. É verdade que as grandes obras do *noir* norte-americano foram feitas principalmente por homens — de *À Beira do Abismo* e *O Último dos Valentões*, de Chandler, *O Falcão Maltês* e *Seara Vermelha*, de Hammett, e *O Destino Bate à sua Porta*, de James M. Cain, a filmes clássicos como *Pacto de Sangue*, *Fuga do Passado*, *Dentro da Noite*, *Amarga Esperança*, *Laura*, *Um Corpo que Cai* e tantos outros — codificando a *femme fatale* como a força motriz do mal. Até mesmo obras de mistério e investigação escritas por mulheres (Agatha Christie, P.D. James, Ruth Rendell) continuaram a tradição do detetive masculino brilhante (ainda que falho). A interpretação radical que Angela Carter faz do conto de fadas em *A Câmara Sangrenta* (1979) marcou uma reviravolta drástica na ficção literária, ao exprimir a celebração extasiada que a autora faz do próprio mal da mulher, quando antes tais energias eram propriedade exclusiva do homem. Embora já existissem personagens femininas malignas na literatura, das assassinas Medeia e Clitemnestra às perversas Goneril e Regan — e (mais recentemente) a insuportável Rhoda Penmark, em *Menina Má*, de William March, e Merricat Blackwood, à mais comovente assassina psicótica de *Sempre Vivemos no Castelo*, de Shirley Jackson —, é apenas na segunda metade do século xx, com a ascensão do feminismo, que a visão feminina, ao se apropriar das energias do mal masculino, é celebrada por si só.

Como alardeia a insondável narradora de "Il Grifone", de Valerie Martin: "Assassinato é o meu *métier* (...). Ganhava a vida criando tramas mirabolantes".

Por outro lado, se o lobisomem já foi um arquétipo cultural que personificava a natureza animal do homem em sua manifestação mais óbvia e literal, também é verdade que, até pouco tempo, como Margaret Atwood observa no poema "Atualização sobre os Lobisomens", essa figura mítica era percebida como uma forma exagerada da *masculinidade*. Ser mulher era ser "feminina" — passivamente vulnerável ao assédio e a ser vitimizada pelos homens; a "feminilidade" não poderia ser equiparada a uma natureza animal assassina. (Pela tradição literária, os vampiros podem ser homens ou mulheres: o conde Drácula é o patriarca vampiro, mas tem várias esposas ansiosas para fazer sua vontade e infectar homens com a maldição vampírica; *Carmilla*, de Joseph Sheridan Le Fanu, que na verdade antecede *Drácula* de Bram Stoker em 26 anos, apresenta uma vampira feminina/lésbica, extremamente erótica e sedutora, que nunca se arrepende de seu comportamento perverso.)

É inútil discutir as divisões de gênero na arte, embora haja uma probabilidade de o senso comum muitas vezes associar determinados temas mais claramente a um sexo do que a outro, caso se considere a natureza binária. (Hoje em dia, em alguns grupos, a identidade biológica ao nascer não é mais considerada uma característica permanente: pode-se "transcender" o direito de nascença.) O parto, a amamentação, os tormentos e as delícias de habitar um corpo feminino, as experiências de assédio sexual, abuso, exploração — é provável que sejam assuntos femininos, é claro; porém, a grande fotógrafa norte-americana Margaret Bourke-White se aventurou em fossos de horror tão profundos como o campo de concentração de Buchenwald, com o objetivo de fazer fotos para a revista *Life*, no fim da Segunda Guerra Mundial, tarefa que poucos fotógrafos do sexo masculino teriam sido capazes; e o escritor norueguês contemporâneo Karl Ove Knausgård, em seu romance autobiográfico de seis volumes *Minha Luta*, registra a vida de um pai com filhos pequenos em suas particularidades domésticas exaustivas como poucas mulheres/mães teriam paciência de fazer. Esses extremos podem ser anomalias, mas com certeza desafiam a ideia patriarcal convencional de que "anatomia é destino" — mais ainda, de que "o lugar da mulher é em casa" — ou, no comentário grosseiro de Robert Graves, de que "... a mulher não é poeta: ela é Musa ou não é nada".

É uma curiosidade que o tema "mistério" seja geralmente associado a crime, e crime, invariavelmente, a assassinato, quando, na verdade, há inúmeros mistérios em nossas vidas que podem não ter nada a ver com isso, nem mesmo com sofrimento físico. Da mesma forma, o *noir* pode ter outros temas; porém, na literatura e no cinema, é invariavelmente associado a crimes, em geral assassinato; no *noir* clássico, o crime (assassinato) surge quando um protagonista masculino é enredado na teia de uma *femme fatale*, ela mesma desalmada. A *femme fatale* inspira desejo no homem, mas ela própria é imune a tal fraqueza, o que a torna um ser monstruoso, quase sempre em comparação a uma mulher "boa" — Marilyn Monroe em *Torrentes de Paixão*: a beldade loiro-platinada em contraste com a esposa jovem e comum interpretada pela morena Jean Peters; Kim Novak, em *Um Corpo que Cai*, um enigma loiro-platinado em contraste com a artista, "boa menina" simples e comedida, interpretada por Barbara Bel Geddes. É significativo que o *noir* hollywoodiano que de forma mais realista (e empática) explora as consequências da violência sexual contra as mulheres seja *O Mundo É o Culpado*, de Ida Lupino: o retrato de uma jovem vítima de estupro em que não há a menor sugestão de culpabilidade da vítima ou de haver qualquer tipo de cumplicidade com o estuprador. *O Mundo É o Culpado* evoca terror genuíno quando a vítima é perseguida pelo estuprador numa paisagem expressionista alemã urbana, que a prende como se num labirinto, e explora com notável sutileza e sinceridade a luta da jovem para recuperar a autonomia sobre sua personalidade fragmentada. Aqui está um filme *noir* em que a protagonista feminina surge como a heroína da própria vida — uma obra tão à frente de seu tempo que permanece relativamente desconhecida até hoje.

Era mais frequente que os filmes que representam mulheres como vítimas de abuso sexual fossem dramas de vingança bem planejados em que um protagonista heroico, provavelmente marido ou namorado, decide fazer justiça com as próprias mãos quando uma garota ou mulher sofre violência; a mulher é o pretexto narrativo para o conflito masculino com outro homem, ou outros, pelo poder. De *Rastros de Ódio* a *Desejo de Matar*, de *Sob o Domínio do Medo* a *Amnésia*, essa categoria cinematográfica é inesgotável e contém tanto elementos excelentes quanto exploração barata. O que os filmes de vingança têm em comum é a perspectiva masculina enfurecida, que justifica toda a violência desencadeada.

A força específica da visão feminina *noir* não é um estilo reconhecível, mas uma perspectiva desafiadoramente feminina — na verdade, feminista. *Damas Noir* reúne uma gama considerável de vozes femininas do século XXI, do realismo sociológico (Cha) ao surrealismo à Grand Guignol (Oates); da jocosidade erótica (Bender) ao determinismo do conto de fadas sombrio (Khaw). Temos aqui uma história gráfica brilhantemente impassível de Lisa Lim, e poemas executados com maestria por Margaret Atwood. As imagens da artista visual Laurel Hausler são impressionantes e originais, sinistras e gloriosas; a *Dama Noir* (na capa da publicação original) é a representação perfeita de uma beleza misteriosa, muito mais que apenas superficial, e essencialmente incognoscível.

Como previsto, várias dessas histórias impõem vingança contra o sexo oposto. A protagonista adolescente de "Impala", de S.A. Solomon, é vítima de abuso sexual por um líder de gangue/namorado do ensino médio e de quem precisa fugir para salvar a própria vida; numa narrativa de suspense crescente, ela enfrenta a possibilidade de mais violência vinda de um desconhecido que encontra durante a fuga. A protagonista escritora de "Il Grifone", de Valerie Martin, é ameaçada por um bruto ("Meio águia, meio leão; no chão, no ar, todo predador, o tempo todo") que os outros homens, incluindo seu marido, parecem não levar a sério, ao mesmo tempo em que quem lê se identifica fortemente com a situação da protagonista e vibra com o modo engenhoso com que ela se esquiva do que poderia ter sido um destino sórdido: "Tenho muito menos probabilidade de cometer um crime, pois já pensei em todas as formas de como pode dar errado...". Martin é especialmente hábil em demonstrar a cumplicidade enlouquecedora dos homens com outros homens — a suposição de que uma mulher ameaçada está imaginando coisas, mesmo vinda de homens ditos "solidários".

Na estrutura mirabolante de "Uma História do Mundo em Cinco Objetos", S.J. Rozan rastreia o comportamento ritualístico de uma mulher que sobreviveu à infância traumatizante para se confrontar com as ruínas de sua personalidade quando adulta. Numa variação engenhosa do tema da vingança, "Ladrão", de Steph Cha, dramatiza um dilema doméstico e familiar em que a perda trágica e a traição cedem lugar a uma espécie de perdão; por necessidade, a geração mais velha dá lugar à mais jovem, para quem a vida em Koreatown é mais perigosa do que os anciãos virtuosos, rígidos e obedientes à lei, podem imaginar.

"A morte sempre lhe dava fome" é o núcleo do conto gráfico habilmente narrado por Lisa Lim, "A Fome" — uma vingança totalmente sem remorso contra outro tipo de inimigo, aquele dentro da família. O conto de confidências e coloquial de Lucy Taylor, "Bando de Lunáticos", e "Numa Noite Dessas", de Livia Llewellyn, apresentam personagens femininas enganosamente sensatas e pretensamente empáticas que se mostram mais complexas do que o leitor imagina: em "Bando de Lunáticos", a personagem-narradora está determinada a salvar das garras do mal a meia-irmã viciada, com consequências imprevistas para ambas; em "Numa Noite Dessas", a aliança sinistra entre duas adolescentes e o pai de uma delas só se revela aos poucos, com consequências imprevisíveis para uma terceira garota. "Favor Traduzir", de Edwidge Danticat, é uma pequena obra-prima de suspense que tem suas raízes na situação *noir* clássica em que uma mulher e um homem travam combate mortal sobre o corpo (literal) do filho, refém da infidelidade e do egoísmo dos adultos; em "O Menino sem Bicicleta", uma mulher preocupada ousa monitorar o comportamento de um pai possivelmente abusivo, expondo-se ao perigo, ao mesmo tempo em que exige vingança.

Na história misteriosa e fantástica de Elizabeth McCracken, "Um Espécime Primitivo", ambientada num idiossincrático museu de taxidermia e cera em Florença, uma turista norte-americana que sofre de insatisfação crônica faz uma descoberta surpreendente — na verdade, duas. Sua história termina tão misteriosa quanto começa, e nos resta a pergunta inesquecível que a mulher faz a si mesma: "Como você gostaria de morrer?". Jocoso, também, embora alimentado por uma visão satírica mordaz, "UAN S/A", de Bernice L. McFadden, retrata uma sociedade tão imbuída de racismo que empreendedores criativos o comercializam como controle de danos das relações públicas. Aqui está um *noir* político pérfido em que os alvos do racismo podem lucrar com ele, se estiverem dispostos a vender a própria alma para serem identificados como "um amigo negro" dos clientes racistas: "Vivemos nos Estados Unidos da América, este é um país capitalista, e nós monetizamos tudo. *Tudo*". No governo Trump, muito pouco na distopia norte-americana de McFadden é exagero.

A narrativa lírica "Cidade em Chamas", de Aimee Bender, cintila numa onda de calor em Los Angeles quando uma detetive particular se envolve com uma cliente rica e glamorosa com marido e gato desaparecidos; a esposa, o marido, a secretária do marido e a detetive são pegos numa conflagração erótica complicada, com final maravilhosamente ambíguo.

Da mesma forma, em "Miss Martin", o retrato feito por Sheila Kohler da filha vitimada por um pai-predador charmoso sofre uma reviravolta inspirada pela intervenção de uma presença feminina única, uma espécie de Mary Poppins justiceira — "a secretária perfeita; lembra-se de tudo, mas é absolutamente discreta; sempre está por perto quando você precisa, nunca quando não precisa".

Margaret Atwood, criadora do emblemático *O Conto da Aia*, bem como de obras de ficção mais recentes e distópicas (a trilogia *MaddAddam* e *The Heart Goes Last*), começou a carreira como poeta na década de 1960, em Ontário, Canadá; esses poemas concisos, espirituosos e brutalmente cômicos são críticas tanto à cultura patriarcal quanto às estratégias de sobrevivência das mulheres para se adaptarem numa era (aparentemente) pós-feminista em que "de repente tudo fica mais claro, mas também mais obscuro". No século XXI, o autoempoderamento feminino corre o risco de se tornar meramente gestual, estilizado e apropriado sem ser de fato concretizado, como nas fantasias de autonomia feminina que se dissipam na vida real, quando voltam a usar "a roupa preta da gerente intermediária e sapatos Jimmy Choos". A poeta não tem ilusões sobre seu papel num mundo de "fases da lua desaparecendo na escuridão" — "amaldiçoada, quer sorria quer chore". "Mães, Nós Sonhamos", de Cassandra Khaw, é uma história cativante sobre criaturas marinhas sedutoras que precisam de maridos humanos, desvelando-se como um sonho, como no mais sombrio conto de fadas; já é tarde quando o marido pensa em "perguntar à esposa *o que* ela era...".

Por último na coletânea um conto meu, "Assassina", é como a de Khaw: uma excursão surrealista aos lugares sombrios do coração (feminino). Uma mulher sincera, que realmente não se preocupa mais em se mostrar atraente para ninguém, de gênero nenhum, percebe que sua redenção acontecerá por meio de um assassinato, por uma causa que considere digna de sacrifício: a decapitação de um político poderoso. Apoderando-se da cabeça decepada, a assassina se (re)apodera da própria dignidade: "Estou pensando, e quando terminar de pensar saberei com mais clareza o que fazer, e não vou receber nenhuma ordem sua, meu senhor, nem de qualquer outro senhor, nunca mais".

Como num coro que afirma a autonomia feminina, a autoidentificação feminina e o autocontrole feminino, as vozes de *Damas Noir* estão afinadas.

Joyce Carol Oates
Fevereiro de 2019

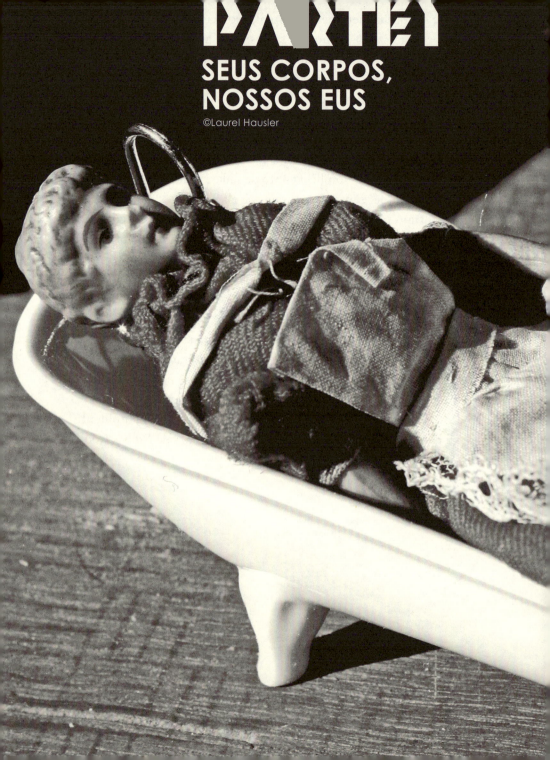

PARTES
SEUS CORPOS, NOSSOS EUS
©Laurel Hausler

LIVIA LLEWELLYN

A ficção de **LIVIA LLEWELLYN** está presente em mais de quarenta coletâneas e revistas e foi reimpressa em várias antologias, incluindo *The Best Horror of the Year*, *Year's Best Weird Fiction* e *The Mammoth Book of Best New Erotica*. Suas coletâneas de contos *Engines of Desire: Tales of Love & Other Horrors* e *Furnace* foram indicadas ao Shirley Jackson Award de Melhor Coletânea. Você as encontra on-line em liviallewellyn.com.

NUMA NOITE DESSAS

O pai de Nicole não diz sequer uma palavra quando nos deixa no Titlow Park, e por mim tudo bem. O carro do sr. Miller é estreito e comprido, mas robusto, com amassados por toda a lateral e com uma grade dianteira enorme e enferrujada que mais parece o sorriso de um monstro. Parece o tipo de carro que, à noite, roda sozinho pelas ruas encarando as pessoas com seus olhos de vidro sem pálpebras, avançando sobre elas que nem o cachorro sarnento do vizinho, recuando e voltando várias vezes por cima da vítima até não restar nada além de uma mancha grudenta e vermelha no asfalto. Ele me lembra seu dono.

"Hora de cair na água", diz Nicole.

Eu me desgrudo do couro pegajoso do banco e vou para o sol ardido e para o barulho do verão, os sons de uma centena de crianças gritando e se debatendo na piscina olímpica do parque como se estivessem sendo assassinadas. Do outro lado, Nicole desencurva o corpo em direção ao ar úmido, membros longos e bronzeados, laços de biquíni à mostra, as pontas dos cachos negros molhadas de calor, suor e óleo de coco, das secreções de uma idade adulta que ainda não chegou para mim. Não entendo como ela pode parecer tão mais velha se ambas temos os mesmos 15 anos. Já não sou mais uma criança, mas, do jeito que ela cresce, nunca vou alcançá-la. Se bem que não tenho um pai como o dela para me conduzir. Preciso fazer tudo sozinha.

"Me dá um dólar pra máquina de refrigerante, papai?", pergunta Nicole, balançando o corpo para a frente e para trás como se ainda tivesse cinco anos. Ela deixa a última palavra se arrastar e escorrer da boca, do mesmo jeito que sua mãe faz quando está bêbada e doida para brigar.

"Pede pra sua amiguinha Julie. Dei todas as minhas moedas pra ela."

O sorriso espertinho e falso de Nicole desaparece. Outro tipo de sorriso surge em seu lugar, verdadeiro dessa vez. "Eu sei", diz ela.

O sr. Miller sorri para ela e bate as cinzas do cigarro pela janela. "Você não sabe nada." Pontinhos cinzentos atingem o rosto de Nicole.

"Você sabe o que vai acontecer, não sabe?"

O sr. Miller encolhe os ombros. "Faça o que for preciso, filha. Você sabe o que quer."

"Vem." Eu puxo o braço de Nicole, depois cutuco sua sacola de praia, tão pesada que não se mexe. Ela olha para mim e depois para o rosto do pai, envelhecido, pontudo como o de uma raposa, cujos olhos verde-acinzentados e pálidos são iguais aos dela. Um segundo depois, ela sai bem devagar. Prendo o polegar no passador de cinto do meu short e me inclino de leve para a frente, com o rosto perto da janela. Ele consegue ver bem o meu decote.

Dou a ele meu mais sincero e respeitoso olhar. "Me arranja um dólar, sr. Miller?"

Ele sorri para mim, um sorriso largo que faz os lábios se curvarem como quem sente o cheiro de encrenca. "É só isso que você quer de mim, querida?", responde ele, tirando o cigarro da boca. "Porque a Julie pediu mais do que isso e eu dei. Posso dar pra você também."

Eu me inclino mais para perto. "Aqui mesmo, sr. Miller? Não aguenta esperar?"

"Você aguenta?" Ele estende a mão para fora da janela do carro, e seus dedos grossos, suspensos no ar, movem-se de um lado para o outro na frente dos meus seios enquanto mais cinzas flutuam da ponta vermelha do cigarro. Algumas delas tocam minha pele. Ele espera que eu diga, tenta tirar as palavras de mim com aquelas mãos ásperas.

Um estalo suave escapa dos meus lábios quando se abrem, mas nada mais sai de mim, todos os meus pensamentos ficaram vermelhos e vagos e, de repente, como um trovão, o carro sai rodando pelo asfalto, tão rápido e barulhento que pulo de susto. E ele simplesmente vai embora, pega a estrada e me deixa num mar cintilante de carros, mães resmungonas apressando os filhos ao passar por mim. Não sei por que estão me encarando. Não controlo o que ele faz. Pelo menos na maior parte do tempo.

Cruzo o parque até o prédio baixo. As bolhas de tinta e os descascados formam listras sutis nas paredes de concreto e há sujeira riscando as portas duplas de vidro. Acima da entrada, lê-se em um letreiro de latão desbotado, PISCINA DO PARQUE TITLOW, mas é claro que algumas das letras foram vandalizadas e substituídas várias vezes — as letras de LOW são mais brilhantes fazendo as de TIT[1] se destacarem ainda mais. Como tudo em Tacoma, já teve dias melhores. Eu gosto assim.

Julie Westhoff está parada na frente da porta, olhando seu reflexo no vidro imundo enquanto aplica um spray na língua longa e rosa. Julie se acha mais amiga de Nicole do que eu; apesar de eu ter conhecido Nicole antes, Julie logo ocupou o lugar de favorita e me trata como intrusa, sempre com a tranquila autoconfiança típica das meninas que têm a aparência dela. Magra, loira e bonita, sempre de blusa decotada e top frente única com as costas abertas até lá embaixo. Ela é tão foda que não é nem líder de torcida; durante os jogos, prefere ficar nas laterais do campo fazendo todas as outras meninas surtarem quando ela se encosta na grade e brinca bem devagar com o cabelo. É o tipo de garota que Nicole e eu já quisemos ser, na aparência e no comportamento

---

1 No original, trocadilho com a palavra *tit*, que poderia ser traduzida por "teta". [Nota da Edição.]

— acima de tudo, uma garota que nunca se deixa abalar. Demorou um pouco para percebermos que existe diferença entre *parecer* que é assim e *ser* assim, e já sabíamos disso muito antes de ela chegar.

"Cadê a Nicole?", pergunto.

"Por aí, não sei, ela sumiu lá no canto. Está chateada comigo, ou com a vida, sei lá." Julie dá um suspiro leve e satisfeito, avaliando o próprio rosto. Ela sempre fica um pouco satisfeita quando acha que estamos tristes.

"Tem a ver com o pai dela? Vocês dois... você e ele..." — deixo o restante da frase no ar.

Julie estreita os olhos. "O que é que você tá dizendo, porra? Eu nem conheço o pai dela." Ela olha para a mão, para o pequeno cilindro rolando entre os dedos.

"Sério?"

"Sério." Sua voz ficou fria, indicando o fim da conversa.

"Veneno novo?", pergunto.

Julie aponta o spray para mim. "Abre a boca e descobre."

Conheço meu lugar no Triângulo das Bermudas do nosso relacionamento. Abro a boca. Julie aperta o frasco e borrifa na minha língua. Um cheiro forte de hortelã atinge minhas narinas antes de eu sentir o sabor, e um *uck* baixinho escapa do fundo da garganta. Julie começou a fumar como uma chaminé quando fez doze anos e ganhou peitos, então é bem forte. A essa altura, ela já deve ter engolido o próprio peso em purificadores de hálito.

"Achei que você não gostasse de hortelã."

"Não gostava, mas o sabor fica melhor com café." Ela joga o frasco na sacola de praia e me dá um sorriso e uma piscadela. "E urina. Você vai ver."

Dou risada. "Eu não bebo urina, sua doida."

"Se você nadar nessa piscina, vai beber."

"Engraçadinha."

Entramos pela porta atrás de um grupo de pais e filhos. Não consigo deixar de franzir a testa com o cheiro familiar e nauseante do cloro. Nem sequer chegamos aos vestiários e aquilo já entope meus pulmões, atrasando meus movimentos e me oprimindo. É o cheiro da minha infância, de espernear sem a menor graciosidade, de sufocar, de sempre lutar contra a sensação de afundar e perder a consciência. Em 1968, quando fiz cinco anos, umas garotas de Tacoma ganharam três medalhas de natação nas Olimpíadas. No verão seguinte, todas as mães da cidade arrastaram as filhas para fazer aulas aqui, e cada verão depois desse foi uma luta nas raias da piscina olímpica, engolindo grandes goles de água quente e cheia de produtos químicos, enquanto a gente se debatia por quatro horas como gatos se afogando. Todo verão, pelo menos uma criança se afogava ou ia para o hospital, e elas continuavam nos empurrando para a água azul-celeste, esperando que mais uma garota trouxesse o ouro para casa. Minha mãe só parou de me levar quando veio minha primeira menstruação e tive um chilique enorme por ter que usar maiô com um tijolão de algodão molhado no meio das pernas, mas acho que ela estava cansada de dirigir o tempo todo, e eu também nunca nadei muito bem. Nicole é que era boa. A única coisa que aprendi a fazer foi prender a respiração debaixo d'água até os instrutores se esquecerem de mim ou me deixarem em paz. Já faz pouco mais de três anos que vim aqui pela última vez. Nada mudou.

Bom, algumas coisas sim. Pagamos a taxa de entrada e vamos para o vestiário feminino, onde ecoam vozes e risadas altas, o barulho de pés descalços e a água do chuveiro nos pisos de ladrilho, o estrondo metálico das portas dos armários. O cheiro é o de sempre: algo como perfume, sabão e virilha úmida, mas as cabines parecem menores e mais sujas do que me lembro, e muitas meninas são mais novas. Enquanto tiramos a roupa, vejo uma garota que reconheço da turma da sétima série me encarando, depois uma criança no banco ao lado dela olha fixamente para mim, superjovem, uns dez anos. Percebo com um susto leve que me transformei na criatura mais velha e inquietante que eu sempre quis ser quando era mais jovem. A criança nos observa com olhos arregalados e admirados, observa nossos corpos nus, os seios e os pelos escuros entre nossas pernas. Era assim que eu olhava para as meninas mais velhas quando era criança. *Essas aí são mulheres*, eu pensava. *Um dia vou ser que nem elas.* E agora sou.

"A Nicole ainda não está aqui", comento enquanto faço os números girarem na fechadura. "Você viu ela entrar?"

Julie funga. "Talvez ela não venha hoje, vai saber. Não tô nem aí."

"Vocês brigaram?"

"Eu não briguei com ela. Ela é que brigou comigo. É mais uma discordância, na verdade. Sabe como ela é."

"Não sei, esse não é o jeito dela. Ela discordou de você em quê?"

"Do lugar que ocupo no mundo."

Eu quase rio alto — essa expressão é a cara da Nicole. "E esse seu lugar seria..."

"O único lugar aonde ela não pode ir."

"Sempre tem um lugar aonde a gente não pode ir. Até que um dia a gente vai."

"Mentira. Você sabe do que estou falando. Você viu como ela olha pra ele. Ela tem ciúme de mim. Porque eu posso fazer o que ela não pode."

"Achei que você tinha dito que não conhecia ele."

"Bom..." Julie sorri e revira os olhos. "Pode ser."

"Pode ser o quê?" Olho para ela como se não soubesse do que ela está falando, mas ela suspira, ergue as sobrancelhas e me lança aquele velho olhar como quem diz *você jamais entenderia* e pega a toalha.

"Pronta?", pergunta ela.

"Sempre."

Atravessamos o labirinto de salas e chegamos ao ouro ofuscante de um sol de fim de tarde. Tudo parece exatamente igual — a piscina estendendo-se ao infinito, o movimento em toda parte: água e ondas e braços e pernas, tudo vibrando e cintilando. *Oscilando* — uma palavra que aprendi nas aulas de ciências, ano passado. Fora da cerca de arame que circunda a piscina, a grama verde do parque ondula suavemente em torno de um laguinho até as fileiras densas de árvores perenes. Cabos grossos atravessam os galhos, convergem ao redor de postes telefônicos altos, disparam sobre os trilhos de trem que contornam toda a costa. Mais além, a praia de cascalhos lisos e as águas azul-escuras do estuário, que parecem tão quentes e convidativas, mas que são sempre frias.

"Jesus, que piscina enorme. Olha só todas essas crianças... e os pais, meu deus. Só tem gente gorda e velha." Os olhos de Julie estão cobertos por óculos tão escuros e grandes que ela parece um inseto. "Por que estamos aqui, mesmo?"

Dou de ombros. "Eu conheci a Nicole aqui, ela te contou? A gente vinha nadar todo verão. Quatro horas por dia, cinco dias por semana, todos os meses de junho e julho, por oito anos. Tipo, verão pra gente é isso. É nosso ritual."

"*Blerg*. Vocês são tão riquinhas."

"Não é tão ruim assim. Os salva-vidas são bonitos... Olha *esse*."

"É. Até que ele... Mas que porra é essa? Como ela chegou aqui antes de nós?"

Julie aponta para o canto oposto, para o corpo esbelto de Nicole em volta da base da cadeira do salva-vidas, o corpo molhado inclinado e encostado nos postes grossos de aço, os lábios se mexendo em silêncio. Ela observa os mergulhadores atingirem a parte mais funda da piscina, desaparecendo num ponto e reaparecendo em outro, rompendo a superfície como baleias em miniatura. As *selkie*[2], era assim que costumavam nos chamar, Nicole e eu.

"Vem." Levo Julie por entre o aglomerado de corpos, passando a parte rasa onde grupos de pais formam anéis protetores em torno das crianças pequenas e dos alunos dos primeiros anos, depois vou para o lado fundo da piscina. Os números pintados no concreto debaixo dos meus pés vão aumentando. Com o passar dos anos, foi em algum ponto depois do meio da piscina que Nicole e eu nos sentimos à vontade. A parte rasa é vigiada demais e o fundo é para os mergulhadores, muito vazio. O meio é, ao mesmo tempo, profundo e cheio de gente; mas, acima de tudo, é enganador. É onde você pode se perder se ficar insegura, ou se estiver confiante demais e achar que é fácil voltar para as paredes. Não é para amadores — é preciso passar um bom tempo por lá para aprender a fazer todo o caminho de volta.

---

2   Seres mitológicos da Irlanda, Escócia, Islândia e Ilhas Faroé.
     Vivem no mar, na forma de focas. Na forma humana, os *selkies* são
     extremamente encantadores. [Nota da Tradução, a partir daqui NT.]

"Não precisa nadar, sabe", digo. "Pode ficar perto da parede lateral numa boa."

Julie está mais quieta que o normal, o rosto falso de adulta se enruga um pouco por ansiedade ou preocupação, mas é difícil vê-lo debaixo daqueles óculos enormes. "Eu sei. Não tenho nada contra nadar, é que", ela faz um movimento circular em torno do rosto, "nada disto é à prova d'água. Não quero parecer o Alice Cooper, sabe?"

"Tudo bem. A gente pode ficar perto da parede olhando os caras de sunga. Tipo *aquele* ali."

Julie encolhe os ombros. "Já vi maior. Já peguei maior. A Nicole está falando sozinha? Que doida."

Protejo a vista com a mão e cerro os olhos. "Ah, aquilo. Não é nada. A gente fazia aquilo o tempo todo. É só um hábito antigo... passar por cima de todas as regras e procedimentos que nos ensinaram. O jeito como você posiciona o corpo antes de mergulhar, como mexe os braços e as pernas quando faz as voltas, até mesmo como e quando você respira. Parece fácil, mas não é. É tudo muito coordenado, como em uma dança."

Quase consigo ver os olhos de Julie revirando por baixo dos óculos escuros.

"Não seria mais fácil dançar e pronto? Pelo menos a gente pode beber enquanto dança..." Seus resmungos vão sumindo. Para alguém que é tão chata o tempo todo, é quase triste perceber o quanto uma grande massa de água consegue acabar com ela. Eu me lembro de todos os verões anteriores, aqueles valentões quebrando meu nariz enquanto avançavam pela água com os punhos levantados, todos os chutes no corpo, todos os abraços zangados. Ninguém deixa isso acontecer e pronto. Todo mundo luta até o fim. Tenho grandes esperanças para Julie. Ela também é uma guerreira.

Alcançamos a cadeira do salva-vidas e agora sinto minhas emoções se esvaindo; é o sentimento mais incrível e desorientador do mundo. Agora é como se tudo estivesse submerso, embaçado e distante. Nicole e Julie conversam em pequenas ondas sonoras: estão falando do pai de Nicole, e Julie confessa tudo, triunfante, ao mesmo tempo que Nicole, em lágrimas, admite o ciúme. Vou até a cerca, inspecionando o rasgo entre os elos que sobe até o lado de um dos postes. Empurro a cerca, e o rasgo se alarga numa fenda do tamanho do meu corpo: puxo a cerca de volta e ela parece inteira outra vez. Do outro lado, um saco de lixo preto e imundo afunda em si mesmo na base do poste.

Volto para a piscina. As famílias saem da água, cambaleando de volta aos vestiários, enquanto seus substitutos, em terra, dirigem-se para o fluido cintilante. É um padrão infinito e imutável, mas eu não saberia dizer o que representa, só que não fazemos parte. Julie tirou os óculos escuros e os deixou em cima da pilha de toalhas limpas e dobradas, suas e de Nicole, e está sentada à beira da piscina, as pernas longas balançando na água. Nicole senta-se ao lado dela, inclinando-se um pouco para trás apoiada num braço que passa pelas costas de Julie. O sol está atrás de nós, quente e implacável, baixando rumo ao fim do dia, e arrepios sobem e descem pelos meus braços, calafrios que fazem os pelinhos ficarem de pé. Nicole me chama com um movimento do queixo, e eu ocupo o lado livre de Julie. Balançamos as pernas devagar, para a frente e para trás, observando o espetáculo de braços, pernas e cabeças ondulando diante de nós, corpos desajeitados com estampas fluorescentes sobre pranchas de espuma azul que agitam a água. O cheiro oleoso do protetor flutua no ar pesado de cloro, entupindo meus pulmões. Paro de chutar e começo a respirar longa e profundamente, olhando para o meio da piscina. Sempre há um lugar, um lugar perfeito.

Nicole se inclina mais para trás, chamando minha atenção. "Qual é o número?".

"É 58. Mesma combinação de sempre."

Nicole empurra as costas de Julie, jogando-a na piscina.

Espero ela vir à superfície, e ela vem, furiosa, se debatendo.

"Sua piranha, eu te disse pra não fazer isso!" Julie tenta secar os olhos, mas as mãos molhadas só espalham o rímel pelas bochechas. Com o cabelo escurecido pela água, ela fica mesmo parecida com o Alice Cooper. Julie tenta alcançar a parede, mas Nicole entra na água e bloqueia seu caminho. Eu me levanto, todos os meus músculos dando sinais de ansiedade.

"Quem mandou dar pro meu pai", diz Nicole, agarrando os braços escorregadios de Julie. "Eu disse que te mataria se encostasse nele." Rápida como um raio, ela dá uma cabeçada contra o crânio de Julie.

Os olhos de Julie se arregalam, e ela grita. Lá está a ira, a raiva, com todo o majestoso pânico que anuncia uma morte próxima: eu sabia que ela era capaz disso. Não consigo ver, mas Julie está chutando, tentando usar os pés para se livrar de Nicole. Conhecemos esse truque. Frequentamos essas águas há mais de uma década.

Vejo Nicole chutar também e se afastar da parede, empurrando Julie mais para o fundo da piscina. Ela está rindo, gargalhando alto, quase gritando como Julie — parecem, como diria minha mãe, duas cavalas brincando. Duas garotas barulhentas numa piscina cheia de centenas de outras garotas e garotos e homens e mulheres barulhentos, todos se sacudindo como se convulsionassem. Nicole continua a levá-la mais para dentro da piscina, empurrando-a para baixo e puxando-a para cima, deixando-a exausta. Julie parece se afogar, não consegue lutar contra a água que entra na boca, não conhece o ritmo, o procedimento. Ando de um lado para o outro na borda da piscina sem nunca as perder de vista, depois recuo, dou alguns passinhos rápidos e me lanço no ar. Meu mergulho não é perfeito, já faz um ano, mas sou poderosa, metódica e determinada, e vou fundo, como sempre faço. Sempre fui a que mergulhava mais fundo. Abaixo da superfície, tudo se move em torno e acima de mim como tapeçaria, salpicada de luz solar como gotas de ouro líquido. Sigo em meio à floresta flutuante de pernas até Nicole, atraída pela tornozeleira vermelho-cereja que trancei para ela. Toco sua panturrilha direita duas vezes com a palma da mão, depois seguro a perna mais próxima de Julie, descendo as mãos até chegar ao pé. Puxo-o para baixo.

Acima de mim, Nicole nos leva até a parte mais movimentada no meio da piscina. Recebo uns chutes na cabeça, mas não ligo, só importa o ar que prendo nos pulmões, a curva esbelta do corpo de Julie brotando da minha mão como uma flor murcha. Nicole abaixa a cabeça uma última vez, segurando-a debaixo d'água. Julie parece uma sereia, seu cabelo espalhado em ondas como algas sedosas. Ela convulsiona, se contorce, bolhas de ar saem da boca retorcida. Como se estivesse falando comigo, gritando, mas ninguém pode ouvi-la aqui no fundo, abaixo de todo o estrondo abafado da superfície. Acho que ela nem me vê. Provavelmente, ninguém me viu. Suas pernas param de se mexer e eu afrouxo as mãos. Pontinhos pretos começam a ondular nos cantos da minha vista, e meus pulmões ardem, mas fico só mais um segundo, observando como Julie está graciosa agora, numa languidez de sono e paz enquanto flutua. *Ela finalmente está dançando*, penso ao passar por Nicole rumo à superfície, deixando o ar entrar de novo nos meus pulmões num suspiro áspero e voraz. Volto à parede bem devagar — Nicole está em algum lugar ali pelo meio, ainda segura Julie, talvez contando a ela um último segredo, não sei. No fim, ela vai deixá-la ali, espremida entre pessoas que nem sequer entenderão o que aconteceu, sair da piscina, ir ao vestiário, abrir o armário 58 para pegar minha sacola, vestir minhas roupas e ir embora. É 707 a combinação. É um número da sorte. Não falhou conosco em quase dez anos.

Chego à parede e saio da piscina. A pilha bem dobrada de toalhas continua no lugar; me admira que ninguém tenha pegado os óculos escuros de Julie, então os visto e levo as toalhas debaixo do braço. Posso ouvir a comoção familiar que se inicia às minhas costas. Ninguém vai olhar para mim, sou completamente esquecível. Escapo pelo rasgo longo na cerca de arame e tiro a sacola de praia de Nicole de dentro do saco de lixo. Pego o vestido e as sandálias dela na sacola, visto-os e afasto o cabelo do rosto usando os óculos de Julie como uma tiara enquanto ando serenamente pelo gramado amplo. Não olho para trás. Eu nunca olho para trás; não adianta. Pelo gramado famílias reúnem os restos de piquenique, times guardam redes de voleibol, voluntários do parque jogam lixo em latas redondas. No céu, o sol de um dourado escuro, quase preto, escorre por trás de árvores finas como agulhas e mergulha no Estuário de Puget, e faixas enormes de laranja e púrpura mancham o céu cada vez mais escuro. A tarde está acabando, esvaindo-se em noite. À minha esquerda, as luzes das varandas começam a piscar como vaga-lumes, e os postes de luz se acendem. Adoro o sol, mas é quando ele começa a morrer que me sinto mais viva.

Atrás de mim, o ruído das sirenes.

Sem seguir qualquer trilha em especial, chego no cruzamento perto da ferrovia, onde há várias construções de madeira, velhas e acocoradas. Letras de néon vermelho piscam como um semáforo: PRAIA DE TITLOW. Sob o letreiro do bar há vários carros estacionados, incluindo um que parece ser desses que surgem do meio dos arbustos no calor da noite, o motor pulsando como o coração de um minotauro mecânico, enquanto os pneus gordos esmagam seu corpo gelado contra o asfalto imundo, reduzindo-o a partículas de sangue e osso. Esse carro iria até o fim do mundo atrás de você, a buzina clamando ao vasto oceano de estrelas numa perseguição até fazê-la sucumbir, até afogá-la na fumaça de gasolina do seu abraço trêmulo.

Esse carro me lembra a mim mesma.

O sr. Miller abaixa o vidro da janela. "Então, acho que acabou", diz entre longos goles de uma garrafa de cerveja. "Mais uma que já era, né?"

Não digo nada.

Ele abre a porta e se levanta, alongando-se. Vejo os músculos dos braços se esticarem e contraírem debaixo da pele bronzeada. "Ela combinava com vocês."

"Pelo jeito, combinava com o senhor também."

"Calma lá. Julie era uma boa menina."

"Arrã. Bom. Eu sei o lugar que ocupo no mundo. A Julie não sabia."

"Bom, quem sabe a Nicole consiga se acertar com ela algum dia. Não está certo você ser a única amiga dela."

"Não sei. A Julie não aceitou numa boa. Ficou chorando quando a Nicole conversou com ela. Quer dizer, ela estava surtando mesmo... tipo, parecia até que ela ia se matar. Sei lá, acho que ela nunca mais vai falar com a Nicole."

"Essa garota não tem jeito. Usa as amigas e depois joga fora como se fossem papel higiênico."

"A Nicole não foi tão ruim com ela. Mas ela não gosta de concorrência, você sabe."

"Não foi nada disso. Você sabe que não."

"Bom, diz isso pra ela da próxima vez."

Ficamos apoiados no carro, contemplando as luzes vermelhas e azuis ao longe, piscando como brinquedos num parque de diversões, observando os carros passarem pela curva ampla do parque, vendo a noite se infiltrar lentamente no vasto horizonte da Península Olímpica. As luzes quentes das janelas do bar se intensificam, as conversas cada vez mais altas lá dentro, e uma brisa vespertina fresca sobe pela minha espinha e pelo meu pescoço como passos de aranha. Esperamos até Nicole surgir das ruas escuras, os cachos molhados colados nas bochechas e na testa, como se estivesse emergindo de uma outra garota, sem rosto. Ela está vestida com minhas roupas. Talvez essa garota sem rosto seja eu.

"Está ficando tarde", diz o sr. Miller enquanto ela se aproxima do carro. "Hora de ir pra casa."

Nicole parece se divertir com o comportamento subitamente paternal. "Desde quando você se preocupa tanto com o horário? Não são nem nove horas, ainda."

"Alguém viu você?", pergunto.

Nicole se irrita e retruca: "Alguém viu *você*?".

"O que você acha?!" Eu não deveria ser grosseira com Nicole, ela sempre age assim depois, mas não consigo evitar. É difícil para mim também. "Você sabe que a gente precisa estar preparada."

O sr. Miller suspira e joga a garrafa vazia numa lata de lixo próxima, depois vai para a porta do carro. "É, é por isso que vamos pra casa. Já passou da hora de jantar e vocês estão ficando ranzinzas. Vamos, entrem. Vão pro banco de trás, as duas. Tem um engradado na frente."

Entro depois de Nicole. Ela tira minha blusa e a entrega para mim. "Ainda está molhada."

"Tudo bem. Posso devolver seu vestido amanhã?"

"Tanto faz."

"E aí, o que houve lá na piscina?", pergunta o sr. Miller enquanto sai do estacionamento do bar e pega a estrada gasta de duas pistas, de volta ao nosso canto sossegado em Tacoma, no interior seco da cidade, longe de lagoas, praias e piscinas.

"Do que você tá falando?", responde Nicole.

"Aquelas sirenes todas, as ambulâncias. Alguém sofreu um acidente?"

"Sei lá."

"A gente não estava lá quando aconteceu", acrescento. "Estava tudo bem quando a gente saiu."

"Você pode ler sobre isso amanhã de manhã", diz Nicole, esticando a mão para o banco da frente. "Que tal uma?"

"O senhor sabe que, se proibir, a gente vai roubar mesmo assim", eu comento.

O sr. Miller ri. "Só uma." Ele passa uma cerveja para Nicole.

Estico a mão por cima do banco duro de couro. Ele põe uma garrafa na minha mão; mas, quando tento recolhê-la, ele agarra meu pulso. Sua mão é muito grande, a pele é escura comparada à brancura da minha. Ele abaixa a cabeça e, na escuridão do carro, sinto seus lábios na minha pele. "Um dia, menina", sussurra, o bigode áspero raspando as sílabas na minha carne.

Ele acha que sua boca é um vulcão, que meu sangue irrompe em vapor quente, que meus ossos se estilhaçam ao seu toque. Acha que vai me fazer mulher como fez com Julie. Aquela menininha no vestiário sabe como se faz uma mulher. Já ele não tem a menor ideia. Meu coração é um aglomerado de fios, transmitindo todos os anseios terríveis dos espaços sombrios dentro do meu corpo para o olhar gélido de Nicole. Nos entreolhamos e olhamos o pai dela, que olha a estrada escura e vazia.

Será que nos atrevemos? Formo as palavras em silêncio, no espaço ruidoso do carro.

Numa noite dessas... Nicole põe a mão na minha coxa nua e a deixa descansar ali, macia e quente, tão leve que mal consigo senti-la.

S.J. ROZAN

S.J. ROZAN é autora de quinze romances, mais de 65 contos e editora de duas antologias, incluindo *Bronx Noir*. Ganhou diversos prêmios, como Edgar, Shamus, Anthony, Nero, Macavity, o prêmio japonês Maltese Falcon e o Private Eye Writers of America Lifetime Achievement Award. Rozan nasceu no Bronx e mora em Manhattan.

A HISTÓRIA DO MUNDO EM CINCO OBJETOS

Ela entra no apartamento às 18h32. Está dentro do esperado; não é necessário ajustes nem correções. Tira os scarpins e os guarda lado a lado no chão do armário. Coloca a bolsa na prateleira junto à porta; e o relógio, na tigela ao lado. Não usa outras joias. Dois invernos atrás, num dia que saiu para resolver uns assuntos na rua, e que vestiu e tirou o casaco várias vezes, ela chegou em casa e descobriu que havia perdido a pulseira de ouro da mãe.

Amor? Olha, amor, eu trouxe uma coisa pra você. Vamos, pode abrir.
    Ah, meu deus, é tão lindo. Annie, vem ver que pulseira linda seu pai me deu.
    Pra compensar por ontem à noite. Desculpa. Sinto muito. Fiquei muito mal por aquilo. Está doendo? Nem dá pra ver. Desculpa.
    Não diz isso. Não. Não está doendo. E a culpa foi minha. Você teve um dia difícil. Eu deveria ter percebido.

É que... quando você fica assim, quando não escuta, quando eu acho que talvez você não me ame...

Eu te amo tanto!

É só que... não consigo evitar.

Eu sei. Desculpa.

Annie, não mexe nisso. Não é pra você.

Ela tira a roupa, removendo peça por peça do conjunto que usa para ir ao escritório às terças-feiras, examinando cada item. Guarda o que está limpo no cabide e põe o que está sujo no cesto. Vão esperar lá; terça-feira não é dia de lavar roupa. Nada requer atenção imediata, o que a alegra. Colocar roupas de molho e ensaboá-las não é exatamente uma perturbação; são tarefas feitas com tanta frequência que já as cumpre no automático. No entanto, ela sente um pequeno alívio. Abotoa a camisa do pijama e vai para a cozinha. Ainda está se acostumando ao pijama. Faz apenas um mês que a camisola de sua mãe finalmente se desinte-grou em trapos irrecuperáveis.

Meu deus, você fica linda assim.

Meu bem...

Tira tudo. Não consigo esperar. Não dá pra...

Não dá pra quê? Eu tento dizer uma coisa bonita e você fica resmungando.

É que... querido, estou toda dolorida.

Ah, pelo amor de deus. Tira a roupa!

Meu bem, por favor. Só hoje.

O quê? Ficou maluca? Eu passo o dia inteiro ralando pra você ficar aqui sentada na maior preguiça e agora você vem com essa merda? Tira tudo e vem aqui agora. Annie? Jesus, sai daqui, Annie. Vai!

Annie, pode ir. Está tudo bem.

É. É, tudo ótimo. Agora, tira essa camisola.

Nada se mexe no pequeno apartamento, a não ser ela mesma. Olhando em retrospecto — embora raramente faça isso —, talvez fosse melhor ter deixado a hera-inglesa com a tia Lou, que é ótima jardineira, tanto quanto a mãe era. Depois daquele dia, há doze anos, quando ela recebeu alta do hospital — só precisou passar uma noite lá, em observação; não estava ferida, mas claramente traumatizada, disseram, por ter presenciado tudo —, e depois que a polícia os deixou voltar para casa, a tia Lou e o tio Henry esperaram com toda a paciência enquanto ela fazia a mala e vagava pelos quartos, escolhendo o que levar, agora que ia morar com eles. A essa altura, a hera-inglesa era a única planta da sua mãe que continuava viva. Ela e a tia Lou cuidaram dela por anos. Quando se mudou para seu próprio apartamento, resolveu levar a planta. Na primavera passada, a hera sucumbiu a uma praga repentina que ela não soube combater.

Cadê você?

Aqui dentro.

Ah, pelo amor de deus. E a janta?

Dez minutos. Ainda não está pronta.

Não? Como é que você tem tanto tempo pra essas porcarias, essas plantas, mas, quando eu chego em casa, a janta não tá pronta? Como pode?

Meu bem, só mais dez minutos.

Meu bem, só mais dez minutos. Qual é a sua? Você deveria estar cozinhando, não fazendo hora aqui dentro. O que é isto?

Um aspargo-samambaia. Não, por favor, não!

Merda! A planta me arranhou!

Põe de volta no vaso, por favor, meu bem. Por favor.

Sem chance. Não, não mexe nela. Vai buscar minha janta. Está olhando o quê, Annie?

Annie, você pode...

Não. Deixa aí, Annie. Deixa aí. Ninguém limpa nada até essa porcaria estar morta, entendeu? Eu quero que você veja essa planta morrer aos poucos pra não se esquecer que matou ela. Agora, traz minha janta.

Do congelador, ela tira um peito de frango. É o primeiro de um pacote com seis. Os seis hambúrgueres da quarta-feira estão ao lado, assim como as costeletas de carneiro da quinta e o bacalhau da sexta. Do outro lado, os bifes da segunda-feira, que agora são cinco. Sábado é ovo e domingo é pão com queijo, seus favoritos, mas são ricos em gordura, por isso ela os limita. Compra tudo em quantidade para evitar que algum item se esgote e precise ser substituído. Às vezes é necessário ser flexível quanto aos vegetais, mas ela guarda de cabeça uma lista de alternativas sazonais — abóbora quando falta cenoura, por exemplo — e nunca precisou ir além. Com o frango, como sempre, servirá arroz e ervilhas no prato amarelo da mãe.

Meu deus, que gororoba é essa? Tá intragável.

É lasanha. Receita nova. Pensei em experimentar.

Não deveria. É horrível.

Por que não experimenta mais um pouquinho? Da parte com queijo?

Mais um pouquinho? Cristo, você fala que nem minha mãe! Pronto! Ah, cala a boca. Não dou a mínima pra quem te deu esse prato. Se você serve uma gororoba dessas, merece ser quebrado. Sua prima também deu o prato que a Annie tá usando? Annie, dá isso aqui. Annie também detestou essa merda, né? Me dá o prato, Annie. Dá aqui! Pronto, sua vaca. Pronto!

Desculpa. Desculpa. Por favor.

É bom pedir desculpa mesmo. Agora traz uma cerveja e faz um sanduíche pra mim. Rápido, senão o prato amarelo vai também.

Ela come devagar, cortando o peito de frango em pedaços precisos, pousando a faca e o garfo no prato entre os bocados. Demorou algum tempo até conseguir tocar numa faca outra vez depois daquele dia. Termina, engole a última gota de água e leva o prato, os talheres e o copo para a pia. Calça as luvas de lavar louça, enche a pia e espalha sabão na esponja. A esponja está um pouco dura, por ser nova; ela compra um pacote com duas na primeira segunda-feira de cada mês. Talvez seja isso, ou talvez tenha deixado de prestar atenção, só por um momento, ou talvez tenha ficado desajeitada; percebe o que acontece em câmera lenta, mas não consegue impedir. O prato amarelo escorrega da mão e cai no piso.

Ela fica parada, olhando. Então, acabou. Ela sabia que esse momento chegaria e, embora não tenha feito nada para apressá-lo, sente um grande alívio, uma leveza quase vertiginosa quando o fardo de uma vida sai das costas.

Ela se inclina e recolhe os cacos. Sua mãe sempre deixava tudo limpo, tudo arrumado, não importava a bagunça que ela e o pai fizessem. Naquele dia, doze anos antes, foi um horror. Sangue por toda parte. Ninguém para limpar. Quando ela finalmente voltou a entrar na casa com a tia Lou e o tio Henry, o tapete e o sofá da sala haviam desaparecido.

Cala a boca! Cala a boca!

Não, meu bem, ah, meu deus, por favor, para.

Cala a boca!

Ah, meu deus, meu bem...

Vaca!

Para, por favor. Dói muito.

Que bom! Quem sabe da próxima vez você... Ai! Ai! Annie? Annie, que porra é essa? Põe essa faca no chão! Eu vou... ai! Annie, o que você tá fazendo? Ficou maluca? Vem aqui. Ah, meu deus. Annie, sua... você...

Annie? Ah, meu deus, Annie, o que você fez? Annie. Você matou ele. Você matou ele! O que você fez? Ah, meu bem! Ah, meu bem, desculpa! Não morre. Por favor, não. Meu bem? Levanta. Desculpa. Por favor, levanta. Por favor. Annie. Annie! Você matou ele. O que há de errado com você? Ficou maluca? Me dá essa faca. Você... Annie! Ah, meu deus, Annie, para! Por favor! Para, por favor. Ai. Ah. Annie, por favor.

Com a cozinha limpa e tudo de volta no lugar, ela tira da gaveta o último dos objetos que levou consigo há muito tempo. Não é, obviamente, a mesma faca que, segundo o relatório da polícia, o pai usou para esfaquear a mãe antes que esta pudesse arrancá-la e usá-la contra ele. Deve ter sido terrível, disseram todos para a filha de 10 anos, encontrada sentada no chão da sala entre os corpos. Estava coberta de sangue e olhando para a mão da mãe, que ainda segurava a faca. A polícia, evitando traumatizá-la ainda mais, decidiu não a interrogar. Não havia necessidade. Era evidente o que tinha acontecido.

Ela pega a faca correspondente do conjunto original de seis — só havia trazido aquela; era tudo de que precisaria quando o dia chegasse — e percorre o pequeno corredor até o banheiro. Tira o pijama e o pendura no gancho. A água sai fria no começo, uma peculiaridade desse apartamento. Ela espera esquentar e a banheira encher. Entra com a faca e a leva ao pulso debaixo d'água. Não vai deixar nenhuma bagunça.

LISA
LIM

LISA LIM é quadrinista, nascida e criada no Queens, Nova York. Suas histórias ilustradas foram publicadas nas revistas *Guernica*, PANK e *Mutha*. Também ilustrou um livro infantil chamado *Soma So Strange*. Seus quadrinhos podem ser encontrados em lisalimcomics.com.

A fumaça do cigarro queimou-lhe os pelos do nariz porque ela não conseguiu tragar. Lilly nunca aprendeu a fumar direito. Assim era melhor para sua asma. Enquanto as cinzas caíam no caixão frio de Chin, ela se viu pensando em qual fast-food gostaria de ir. White Castle ou McDonald's? A morte sempre lhe dava fome.

Depois de passar a noite bebendo e jogando mahjong, Chin entrou cambaleante no Mechanics Alley pra mijar e foi atacado por uma gangue de chineses. Eles o esquartejaram e deixaram o corpo desmembrado dentro de uma mala no beco.

Antes de morrer, Chin dirigia o ônibus da Fung Wah da Chinatown de Nova York para a Chinatown de Boston e vice-versa. Já tinha escapado da morte algumas vezes ao se esquivar das balas dos encrenqueiros de uma empresa de ônibus rival enquanto dirigia. Dava um bom dinheiro, mas parte do risco era estar sujeito a tiroteios vindo dos carros.

Chin foi encontrado por um velho morador de Chinatown que se deparou com a mala enquanto catava latas no beco. O velho pensou que talvez houvesse um bom par de calças ali dentro. Em vez disso, encontrou as roupas encharcadas com o sangue de Chin, as extremidades do corpo e as entranhas caindo da mala. Incluindo o pé com o joanete saliente que sempre rasgava as costuras dos sapatos.

A mãe de Chin sempre colava fita adesiva nos sapatos dele para que o joanete não saísse. Ele era um legítimo filhinho da mamãe. Lilly passou anos implorando a Chin que se livrasse do joanete, mas a mãe dele jurava que trazia boa sorte e era sinal de bom trabalho. Lilly detestava o jeito como aquele joanete roçava seu corpo adormecido. Já vai tarde, joanete da sorte.

Lilly xingou Chin e atribuiu sua morte ao fato de passar todas as horas vagas bebendo muito Johnnie Walker e jogando mahjong em Chinatown. "Covardão imprestável", sussurrou ela em chinês. Era para ele estar em casa ajudando-a a dobrar as dez sacolas de roupas lavadas, todas empilhadas em cima da cama. Em vez disso, estava prestes a ser enterrado a sete palmos de terra num caixão acolchoado mais confortável que a cama deles, descansando os pés exaustos. O desgraçado.

Deixara para ela uma lavanderia e duas filhas. Nem para deixar meninos que pudessem cuidar dela na velhice. Só meninas que ela ia ter de criar sozinha e que a abandonariam para viver com a família dos maridos. Ela sempre reclamou do esperma fraco de Chin, fraco demais para dar um filho.

Por isso não, não ia chorar. Era coisa de fraco. Havia roupas para dobrar, bocas para alimentar e um marido para enterrar. Não podia se dar ao luxo de ficar de luto. Então, fumava. E pensava em comida.

Eles moravam nos fundos da lavanderia. Cercados por roupas e cabides. E, já que Chin era um colecionador de tralhas, ou, como ele gostava de dizer, "sentimental", ela herdou o paraíso dos acumuladores. Jornais até o teto. Sapatos velhos cobertos de fita adesiva empilhados em caixas como ossos velhos num cemitério. Rádios antigos, alguns quebrados, outros funcionando, em que ele e a mãe ouviam ópera chinesa. Ele nunca queria jogar nada fora. Não importava o quanto a coisa estivesse quebrada.

Foi um casamento arranjado. Portanto, ela não havia perdido um amor. Estava desesperada para fugir da casa infeliz da infância, ocupada por uma mãe esquizofrênica paranoica que jogava ansiedade, palavrões e *hashi* para cima dela entre cenas de André the Giant dizimando Hulk Hogan no ringue. Sua mãe sempre torcia pelo valentão. Gente como ela. Isso irritava Lilly porque, ao tentar escapar da prisão com a mãe furiosa, precisou entrar em outra, chamada casamento.

Depois da morte de Chin, ela olhou para uma foto do casamento deles. Ela era tão jovem. Não havia uma única ruga ou olheira no rosto, mas ainda assim dava para ver uma tristeza florescendo no olhar. Como ervas daninhas, a tristeza crescia dentro dela. Sem vacilar, rasgou a foto ao meio, separando-se do marido morto. Seriam mais felizes separados.

A sogra morava com ela e as crianças. Era o costume chinês. Você se casava com a família do marido. Isso significava deixar os sogros morarem com você. E aguentar cada ofensa e superstição chinesa num silêncio estoico. Por exemplo: "Esse seu peixe tem tantas espinhas que engasgaria todos os anciões de Taishan". "Que tipo de mãe deixa as filhas secarem o cabelo molhado com o ventilador? Ventilador e ar-condicionado dão artrite e asma." "Os deuses deram a você e às suas filhas seios grandes. Sinal chinês de preguiça."

Lilly estava anestesiada contra as ofensas. Tinha casca grossa como carne seca. Sua mãe a treinou bem. Às vezes, fantasiava que a língua da sogra inchava por causa de um choque anafilático, e a velha perdia aquela voz ameaçadora. Essa simples ideia lhe gerava um discreto sorriso e era o bastante para acalmar sua mente, mas nesse dia em específico foi diferente. Ao se agachar no chão, fatiando um rabo de vaca para o jantar, ouviu a sogra dizer com desgosto: "Uma lápide tão pequena para o meu filho. Tão mesquinha!".

De repente, ela sentiu o sangue subir à cabeça. Suas mãos apertando o cabo do cutelo. Foi um reflexo. O movimento de corte repetido do cutelo no rabo de vaca de repente mudou de direção. Começou a golpear a sogra. Toda aquela raiva da mãe terrível, do marido de esperma fraco, da sogra impiedosa, das filhas preguiçosas e inúteis, da montanha de lixo "sentimental" espalhada no pequeno espaço onde viviam e das pilhas de roupas a dobrar que esperavam por ela. Toda aquela raiva golpeando. Golpeando. Partindo do cutelo. Até ela partir a sogra em pedaços.

Depois, acendeu um cigarro e sentiu uma fome estranha, repentina. E pensou: White Castle ou McDonald's? Porque a morte sempre lhe dava fome.

FIM

LUCY TAYLOR

As obras de LUCY TAYLOR foram publicadas recentemente na coletânea *Spree and Other Stories* e nas antologias *Endless Apocalypse*, *The Beauty of Death II: Death by Water*, *Monsters of Any Kind* e *Tales from the Lake Volume 5*. Seu conto "In the Cave of the Delicate Singers" está sendo adaptado para longa-metragem pela Lost Eye Films. Seu romance *The Safety of Unknown Cities*, vencedor do Stoker Award, será publicado em alemão pela Festa Verlag.

BANDO DE LUNÁTICOS

Está nevando como no apocalipse, e só deus sabe onde minha irmã Fiona está — na prisão por dirigir drogada de novo ou se picando numa boca de fumo? Desmaiada na cama de algum vagabundo ou morta e congelada no carro?

Ela não atende ao celular — não que eu espere que atenda, mas continuo tentando. Fiona tem 31, é quatro anos mais nova que eu, mas age como uma menina birrenta de dez. Não tem limite nem autocontrole, só caprichos e uma teimosia obsessiva, como dizem nos grupos de autoajuda. Instável. No verão passado, do nada, parou de falar comigo, não atendia as ligações e mandou uma mensagem de texto dizendo que eu tinha arruinado a vida dela e que ir para o inferno seria bom demais para mim.

Legal.

Se tentar resgatar minha irmã significa que estraguei a vida dela, então é isso aí, sou culpada. Claro, admito que facilitei para ela, e agora me arrependo. Dei dinheiro e paguei a clínica de reabilitação, lhe arranjei um emprego como caixa no mercado Kroger em que trabalho, onde em duas semanas as câmeras de segurança a pegaram roubando. Mesmo depois, eu, como uma idiota, dei a ela uma chave do meu apartamento, que ela nunca se deu ao trabalho de devolver. Deve ter jogado fora.

Nesse meio-tempo, a neve cai e se acumula enquanto ando pela sala de estar, imaginando onde ela está dormindo e se esta noite gelada de inverno será a última da vida dela.

Quando meu aplicativo de previsão do tempo avisa que a temperatura será de zero grau à meia-noite — *fique em casa e recolha seus animais de estimação* —, visto um agasalho e saio, depois volto correndo para pegar a Smith & Wesson 9 mm que guardo escondida no vão entre a geladeira e o fogão. Talvez seja besteira pegar a arma, principalmente numa noite em que ninguém em seu juízo perfeito sairia de casa, mas minha primeira parada será no Quincey's Place, um abrigo para moradores de rua ao lado do Monroe Park de Richmond, onde os mendigos rondam e um traficante chamado Ozzie Strand foi assassinado no verão passado.

No trajeto, fico feliz por estar com a arma. O jeito como a neve gira e se lança em todas as direções faz a noite parecer caótica e frenética, o tipo de clima selvagem que desmantela a ordem natural das coisas e traz à tona o desequilibrado e o predatório. *Melhor prevenir do que se ferrar*, como papai falava enquanto definia as regras rígidas de para onde Fiona e eu poderíamos ir. *O mundo está cheio de malucos*, disse ele certa vez. *Duas meninas bonitas que nem vocês são carne fresca pros doidos e lunáticos.*

Já contei que sou vegetariana?

Mesmo assim, acho que essa foi uma das poucas coisas que o papai acertou. Antes de um problema no fígado acabar com ele, era regulador de sinistros de uma grande companhia de seguros. Um homem obeso e grosseirão que parecia transbordar confiança, era perseguido por uma sensação de calamidade iminente — como se a qualquer momento a vida fosse desabar em cima dele como as vigas podres dos prédios condenados que avaliava.

Ele desmoronou depois que minha mãe foi embora, virou um beberrão obcecado por pornografia e pela minha irmã. É, a Fiona. O que sempre imaginei ser o motivo que a levava a reprimir os próprios demônios com bebida, drogas e sexo nos becos.

O Quincey's Place é uma monstruosidade em forma de caixa de sapato, rodeado por uma cerca de ferro forjado com três metros de altura, as pontas e espirais agora cintilando, cobertas de gelo. No lugar, costumava funcionar um armazém, comprado por um magnata do tabaco que o transformou em abrigo para os moradores de rua em memória de seu neto, que tinha morrido desabrigado e viciado. Há um punhado de pessoas amontoadas do lado de fora, fumando ou passeando com cachorros, que ficam num canil nos fundos do prédio. Pelas regras, é preciso estar limpo e sóbrio para entrar, mas sei que Fiona tem amigos aqui que lhe garantiriam três refeições e uma cama, não importa em que condições ela apareça.

Lá dentro, um latino magro está limpando poças de neve derretida no chão de cimento enquanto outras pessoas guardam as mochilas e sacos plásticos com seus pertences em cubículos ao longo da parede. O cheiro me faz rilhar os dentes — pele suja, cachorro molhado e o cheiro gorduroso do ensopado cheio de alho que vem do refeitório.

O sujeito barbado no balcão é Cal Smitts, veterano da Operação Tempestade no Deserto, com apenas um braço, rabo de cavalo cinza e lustroso e barriga tão imensa que poderia usar um carrinho de mão para carregá-la. Ele dá uma chave de armário para uma adolescente com franja escura como ébano e piercing no nariz, e diz sem olhar para mim: "Desculpa, Claudia, a Fiona não tá aqui".

Fico surpresa por se lembrar de mim, mas talvez eu me destaque por algum motivo. "A casa está lotada hoje, Cal. Ela pode ter entrado sem você perceber."

"Não. Não dá pra entrar sem passar por mim."

Entendo que ele quer que me afaste, mas continuo firme no lugar. "Quem mais está de plantão hoje?"

"Só eu e Jesus." Ele reabastece um copo de isopor com o café do bule ao seu lado. Faz questão de não oferecer para mim.

"Então ela tem vindo aqui? Quando foi a última vez que você a viu?"

"Quando foi a última vez que *você* a viu?"

"Faz bastante tempo."

"E por que será?"

Ignoro a provocação. "Então, ela ainda dá as caras no J.J.'s? Ou já a expulsaram de lá?"

Ele tira uma medalha de metal barata como as que Fiona colecionava. "Tá vendo isto aqui? Faz doze anos que eu tô limpo e sóbrio, então como é que eu vou saber quem foi expulso de que bar? Puta merda, Claudia, tá nevando pra caramba. Por que você não vaza daqui?"

"E por que você não..." Eu paro e me lembro de que dar escândalo não vai ajudar Fiona, mas ponho o nome dele numa lista mental de assuntos a resolver.

Quando pego o trânsito pesado na East Broad Street em direção ao J.J.'s, a neve sopra de lado e eu não vejo nada. Pego um atalho até o grande estacionamento que a Big Five Sporting Goods e o Piggly Wiggly compartilham. Uma vez, Fiona se gabou de ter um acordo com o segurança — sexo em troca de não ser incomodada por passar a noite toda ali. Não estou vendo o cara — sorte dele, porque meus freios não estão muito bons, e o que me impede de avançar o carro para cima dele?

Nenhum sinal do Subaru mostarda de Fiona, mas na doca de carga do Piggly Wiggly vejo um volume em forma humana debaixo de uma lona. Quando passo de carro, uma cabeça se levanta e sacode a neve. Não é Fiona, então continuo.

Já experimentei uma vez — tipo, dormir no carro. Só para ver como era. Peguei uns cobertores e uma garrafa térmica com chá quente e estacionei atrás do Spoonbread Bistro na West Grace Street, inclinei o assento e tentei dormir. À meia-noite, o frio começou a me cortar como se eu fosse uma peça de carne de primeira. Todas as posições eram insuportáveis. Um vidro perto de mim se quebrou, e passos se aproximaram. Um homem vomitou copiosamente enquanto outros dois trocavam gritos sobre o roubo de uma garrafa de bebida barata. Alguém resmungou e xingou, e eles foram embora com passos de zumbi, ainda discutindo.

O chá foi um erro. Logo me vi agachada atrás de uma moita, imaginando que tipo de pervertido poderia estar me espreitando enquanto minha tímida bexiga não liberava nada além de jatos finíssimos. Eu tinha esquecido de trazer papel higiênico. Com as coxas ainda molhadas, pulei dentro do carro e corri para casa.

Durei menos de cinco horas.

O estacionamento do J.J.'s está quase deserto, mas o néon vermelho berra ABERTO por trás do vidro escuro com desenhos foscos de flores e trepadeiras. Antes de entrar, paro em cada montículo em forma de sedã e tiro um pouco de neve até enxergar a cor de cada carro. Não há nenhum Subaru amarelo, mas Fiona pode ter vindo aqui com um amigo, por isso entro mesmo assim.

"Quem?", pergunta a atendente loira do bar. Seu cabelo parece ter sido cortado com um facão.

Pego meu celular e abro uma foto. "O nome dela é Fiona. Ela veio aqui hoje?"

O olhar da mulher é tão breve e indiferente que tenho certeza de que ela não só reconhece minha irmã, como provavelmente a conhece muito bem. "Sei lá. Isto aqui ficou uma zona o dia inteiro. Todo mundo querendo beber antes do Nevascalipse."

"Ela bebe Stoli com cebolas em conserva, se alguém pagar. Se não, cerveja. Ela andava com um cara, Ozzie Strand, mas ele morreu."

"Meus pêsames." Ela sorri, revirando os olhos ao apoiar os braços tatuados no balcão. "Olha, meu bem, se quiser bebida, posso te oferecer. Informação, nem tanto. O que vai ser?"

"Coca diet", respondo, indo dar uma olhada no banheiro. Só há uma mulher lá, se injetando numa cabine. Bebo uns goles e vou embora.

Um cara alto e magro, com as sobrancelhas tão grossas quanto o bigode, me intercepta quando chego à porta. Ele fede a gim e desespero, e fica olhando por cima do ombro como se estivesse com medo de que a atendente o visse conversar comigo.

"Ouvi você dizer que é irmã da Fiona?"

Eu disse? Não lembro.

Ele se inclina perto de mim, exalando o fedor de álcool na minha cara enquanto coça o lado do nariz salpicado de cravos. "É, você é a cara dela. Os olhos verdes. Mesclados de marrom."

"Somos só meias-irmãs", deixo escapar sem motivo. Talvez eu esteja tentando esclarecer que Fiona e eu somos muito diferentes e que nossa ligação é mais tênue do que a fraternidade plena, mas na hora fico zangada comigo mesma por mentir. Por que ligar para o que esse bêbado pensa sobre mim?

"Conheço a Fiona há um tempão", confidencia ele, "mas agora ela não tem tempo pra mim. Só pra festas com os amiguinhos novos."

"Ah, é? E quem são eles?"

Ele apoia o queixo na mão e finge pensar bem.

"Bom, agora minha cabeça tá meio confusa. Acho que preciso de umas doses pra incentivar a memória."

Tiro uma nota de vinte, depois outra quando ele despreza a primeira oferta. Fingindo relutância, ele recita um endereço no Fan District. "A casa do Travis e da Mona."

"A Fiona está lá agora?"

"Não sei. Pode ser. Às vezes ela anda com eles. O Travis é cinéfilo, se é que você me entende." Pro caso de eu não ter entendido, ele encurva o corpo e exibe um triste conglomerado de dentes amarelos. "A Fiona curte ficar chapada e comer xoxota. O Travis gosta de olhar. Convida os amigos pra ver o show e participar. E você? Curte xoxota?"

Sua mão serpenteia em direção à minha virilha. Eu pulo para trás, punhos fechados; mas, com minhas luvas grossas, que estrago posso fazer? Ainda assim, alguma coisa na minha postura ou expressão o assusta, porque ele recua e grita enquanto eu saio: "Ei, eu retiro o que disse. Você não parece a Fiona de jeito nenhum. Ela é *gostosa!*".

O endereço na Floyd Avenue não fica longe, mas no meio da nevasca viro a esquina errada e acabo na Monument Avenue, em frente à estátua de Jeb Stewart, coberta de branco como um fantasma equestre. Estou dirigindo rápido demais. Quando atinjo o gelo, esqueço tudo o que sei sobre dirigir no inverno e piso no freio. O carro desliza até a pista contrária. Corrijo demais o curso, me afasto demais da calçada e quebro o farol de uma suv estacionada. A força da colisão sacode o interior do meu corpo sem cinto de segurança, e bato a testa no painel.

Estrelas se acendem e barras pretas emolduram minha visão. Estou à deriva entre dois lugares e momentos, sem saber o que é real, minhas lembranças espalhadas ao acaso como as bugigangas que caem de uma bolsa roubada. Meu estômago revira, e sinto uma ardência frutada e doentia na garganta — o gosto do uísque do papai que eu bebo escondido. A pancada desnorteante do uísque libera uma onda de raiva e valentia. É preciso fazer uma escolha — qual? — e, quando aquela garota de 15 anos que eu costumava ser olha para as próprias mãos, fica mais feliz do que chocada ao ver que sua escolha é o martelo.

Há muitas armas nesta casa, é claro, para caça e defesa, e a cozinha oferece um conjunto sedutor de facas.

Mas o martelo tem encanto próprio — é brutal e inegavelmente *masculino*. Quando o levanto, imagino se é isso que os homens sentem quando ficam com tesão, quando entram num quarto para *foder*.

No quarto do papai, fico de pé acima dele e imagino se esse poder primitivo é o que ele sente quando entra no quarto da minha irmã — entra na minha irmã. Agora esgotado, ele ronca e bufa, um touro raspando o chão enquanto dorme. Levanto o martelo — por onde começar, a ruga entre as sobrancelhas grossas ou o osso torto do nariz, os lábios carnudos e flácidos que emolduram a boca cavernosa?

É quando uma presença até então despercebida ou ignorada usurpa minha mente em silêncio e exige toda a minha atenção. Sou eu e não sou eu, essa voz de sanidade e razão. Ela me lembra do preço a pagar: uma vida enjaulada na prisão ou numa ala psiquiátrica, *a garota que matou o próprio pai*, toda a liberdade perdida, a esperança arrasada.

Deixo o quarto e nunca mais entro lá.

Ninguém além de mim sabe o que quase fiz.

Arrepios violentos me obrigam a acordar. Os faróis iluminam uma suv empalada no meu para-choque, mas a rua está silenciosa, estranhamente imaculada. Ninguém aparece para me confrontar, o que encaro como um bom presságio. Desenganchando os dois veículos com o mínimo possível de arranhões e resmungos metálicos, sigo.

Travis e Mona moram numa casa geminada, que tem uma bela varanda com frontão, a neve salpica a balaustrada e os beirais. Bato a aldrava até que uma figura embaçada surge atrás do vidro bisotado e uma voz masculina rosna: "Quenhé?".

"Sou irmã da Fiona. Vim levar ela pra casa."

Uma longa pausa, depois: "Ela já foi embora".

"Aonde ela foi?"

"Não sei."

"Disseram que ela estava aqui."

"Disseram errado."

Ele está mentindo, tenho certeza. Fiona pode estar desmaiada de bêbada ou chapada. Pode estar presa aqui contra a vontade.

"Olha, preciso falar com você. Não quero chamar a polícia pra ver se ela está bem, mas se você não me deixar entrar..."

Ele grita meia dúzia de palavrões antes de abrir a porta, um homem baixo e barrigudo, pequeno demais para sua voz de narrador de futebol, que olha para a neve ao vento como se ela o ofendesse. "Porra, essa merda continua." Dirige os olhos turvos para mim. "Então você é a Claudia?"

Ele sabe meu nome. Que bom. Quer dizer que Fiona falou de mim.

"Preciso falar com a minha irmã. Ela não atende ao celular."

"E eu disse que ela não tá aqui." Ele olha para o céu branco e rodopiante e puxa o cós da calça larga de moletom. "Porcaria de neve."

"Travis, me deixa entrar. Estou congelando aqui fora."

"Porra, ela disse meu nome pra você? Bem bocuda a sua irmã. Claro que, numa dessas, posso me dar bem."

Com o sujeito sinistro elogiando os talentos orais da Fiona, tento entrar rápido na casa, mas ele planta a palma da mão no meu peito e me empurra. Fecha a porta com tanta força que cai neve do batente.

Da segunda vez, quando bato na porta, ele ignora.

O vento me ameaça e chicoteia enquanto volto para o carro. É só porque estou usando os veículos estacionados para me equilibrar que minha mão tira uma cascata de neve de um para-lama e revela a pintura mostarda. Olho a placa do carro. É o dela.

Meu palpite estava certo. Ela está lá dentro.

Desta vez, em lugar de bater, tento virar a maçaneta. A porta se abre, mas antes que eu possa dar alguns passos pela casa, Travis avança pelo corredor, vermelho de raiva, abanando os braços.

"Quem disse que você podia entrar? Cai fora!"

"O carro da Fiona está lá fora! Ela está aqui!"

"E daí? Ela teve que ir pra um lugar. A merda do carro dela não ligou, então deixei ela levar o da minha mulher."

"É mentira. Pra onde ela iria numa tempestade de neve?"

"E por acaso isso é da sua conta?"

"É da minha conta porque você entope a Fiona de droga e entrega ela pros seus amigos comerem e porque minha irmã é doente demais pra entender que está sendo usada!"

A não ser por uma contração no lábio superior, ele fica imóvel, mas, quando fala, sua voz alcança um novo nível de malícia. "A Fiona contou tudo sobre você. Ela avisou que você era perigosa. Ela te odeia e não quer te ver nunca mais. Por que não deixa ela em paz?"

Fico aturdida como se ele levasse uma tijolada, mas sei que está mentindo, o que me dá coragem. Grito o nome de Fiona e corro para a escada com ele atrás de mim. Na metade do caminho, ele me agarra e me gira, o que aumenta a força do soco que me acerta na mandíbula.

O golpe vira minha cabeça de lado. Meus joelhos se liquefazem e desabo na escada. Ele está acima de mim, o punho recuando para me socar de novo, quando pego a 9 mm e disparo em seu rosto.

O mundo implode. Ele arreganha os dentes e seus olhos ardem de vontade de matar enquanto agarra minha garganta. Desesperada e incrédula, percebo que consegui o impossível — errei um alvo a menos de um metro.

Então ele contrai a boca e se dobra como uma peça de roupa — joelhos, cintura e pescoço — antes de cair de cara no degrau abaixo de mim. Um dente salta de sua boca e cai no meu colo. O sangue jorra do buraco nas costas.

Acima de mim, uma mulher grita como se o amor de sua vida tivesse acabado de morrer. Levanto o rosto e vejo a mulher que presumo ser Mona, com olhos de carvão lacrimejantes, segurando o corrimão e descendo os degraus vestida num conjunto de sutiã e calcinha que já teve dias melhores. Desta vez, miro melhor. Um lado do rosto dela se desprende do crânio e ela passa por mim, aterrissando com as pernas abertas sobre a cabeça do homem numa trágica paródia de sexo oral.

Me pergunto se teria usado uma lingerie melhor se soubesse que morreria hoje.

Pisando com cuidado ao redor do sangue, subo correndo para procurar Fiona.

Meu maior medo se confirma.

Ela não está ali.

O trajeto de volta para casa é uma provação de rabeamentos, deslizamentos e derrapagens. As luzes da rua piscam, indiferentes. Carros abandonados bloqueiam os cruzamentos, os motoristas impotentes se foram. Passo por cima das calçadas e atravesso gramados.

Quando finalmente chego em casa, fico horrorizada ao descobrir que minha sala está de ponta-cabeça. Minha casa foi assaltada e, a julgar pelos ruídos vindos dos fundos, o assalto ainda não acabou. Na cozinha, surpreendo uma figura coberta por um sobretudo e uma touca de lã preta, empurrando a geladeira com o ombro, tentando afastá-la da parede.

Na voz mais autoritária que consigo, grito: "Pode parar já!".

O intruso se vira. "Putz, você chegou!"

"Fiona?"

Ela arranca a touca. Os cabelos descoloridos com raízes castanhas caem ao redor do rosto magro. Os olhos claros contemplam o entorno, enlouquecidos. Ela parece acuada e feroz.

"Que diabos você está fazendo?"

Ela saca uma chave na ponta de um chaveiro de plástico e a sacode na minha frente como um padre repelindo o mal com uma cruz minúscula. "Você me deu isto, lembra? Disse que eu podia vir quando quisesse."

"Eu não disse que você podia saquear minha casa!"

Em vez de explicar ou pedir desculpas, ela continua o ataque: "Por que voltou tão cedo? O Cal me ligou do Quincey's e disse que você estava lá me procurando, que estava passando por todos os lugares. Achei que ia demorar mais por causa da nevasca."

"Por que o Cal..." Mas eu sei, é claro, e o peso do que sei parece uma avalanche desabando nos meus ombros. "Você disse pra ele te ligar se eu aparecesse, não foi? Por que fez isso, Fiona? É porque você me odeia e não quer me ver nunca mais?"

Ela se balança de um pé para o outro, tomada por uma energia maníaca. "Que pergunta esquisita."

"O Travis contou que você disse isso. É verdade?"

"Hã... peraí, como é que é? Como você conhece o Travis? Por acaso anda me seguindo? Cristo, diz que você não apareceu na casa dele, porque se tiver feito isso eu tô ferrada. Quando alguém mexe com a privacidade do Travis, ele não leva numa boa."

"Ah, acho que mexi com mais do que a privacidade dele."

"Você tava na casa dele? Puta merda, agora ele vai pensar que fui eu que te dei o endereço. O que disse pra ele? A Mona te viu? Porra, a Mona irritada é ainda *pior* que o Travis."

"É, a Mona me viu, mas a gente não conversou."

"Ainda bem, pelo menos isso. Que saco, Claudia, você não tem direito de incomodar meus amigos."

Olho para a bagunça que ela fez — as gavetas esvaziadas, a porta do forno aberta, a louça quebrada. "Fiona, o que você estava procurando aqui? O que achou que ia encontrar atrás da geladeira?"

Já sei a resposta, é claro, mas é divertido vê-la experimentar as mentiras mentalmente antes de dizê-las e, derrotada, recorrer à verdade. "Olha, eu sei que você tem uma arma. Imaginei que ficasse escondida em algum lugar óbvio, tipo na estante de livros ou no armário. Aí me lembrei de que o papai sempre guardava uma ou duas garrafas atrás da geladeira em casa até você descobrir e jogar tudo fora. Daí eu pensei, opa, aposto que é lá que esconde a arma. Errei. Você não é tão burra. Deve ter jogado a arma no rio James. Ah, é o que eu faria."

Levo um tempo para recuperar o fôlego e poder falar. "Por que fez isso, Fiona? Eu não entendo."

Motivada por exaustão ou desinibição farmacológica, ela responde: "Você tinha que se livrar da arma do crime, né? Depois de matar o Ozzie. Você seguiu ele até o parque naquela noite e atirou. Ainda não posso provar, mas sei que foi você. O Travis tem experiência com esse tipo de coisa. Ele me disse que, se eu conseguisse encontrar a arma, a polícia poderia comparar com as balas que tavam no Ozzie".

"Por que importa quem matou o Ozzie? Ele batia em você. Ele era um lixo violento e abusivo."

"Ele me amava."

"Ele mereceu o que aconteceu. Era só mais um nojento. Igual ao Travis. Igual ao papai."

Ela me olha como se eu tivesse cuspido na cruz.

"O quê? Você achava que eu não sabia por que ele ia pro seu quarto toda noite, o que ele fazia?"

Ela começa a chorar — soluços altos e feios. É uma cena repugnante; mas, quando finalmente consegue falar, eu a escuto.

"Não foi nada disso! Puta que pariu, ele lia histórias de ninar pra mim, porque você tava velha demais e porque ele sabia que eu tinha pesadelos. E às vezes ele chorava também, e eu o consolava, porque ele sabia que era alcoólatra, mas não conseguia parar, e ele se odiava por isso. Ele nunca tocou em mim do jeito que você pensa. Você se enganou nessa, assim como se enganou com o Ozzie!"

Mesmo agora, depois de todo esse tempo, Fiona e sua capacidade de negar, de rescrever a história, nunca deixam de me impressionar.

"A única coisa que eu sempre quis foi te proteger e te manter segura. Por que é tão difícil acreditar nisso?"

Então conto a ela sobre a única coisa que jurei que nunca contaria a ninguém: aquela noite, quando entrei no quarto do papai e levantei o martelo sobre a cabeça dele, tentando decidir que parte do rosto eu quebraria primeiro. Relato como a voz na minha cabeça me impediu de fazer aquilo. "Você é a única pessoa pra quem contei."

Quando termino, ela não está chorando. Seus olhos parecem lascas de gelo, mais frios do que qualquer coisa viva que já vi na vida.

"Vou te contar um segredo também, Claudia. O Ozzie trabalhava pro Travis e vendia o bagulho dele em Henrico e King William County. Ele era importante pro negócio do Travis. A morte dele foi uma porrada pro Travis. Encontrar quem matou o Ozzie também era importante pra ele."

Ela pega o celular.

"Fiona, não. A gente pode conversar. Não chama a polícia."

"Quem disse que eu vou chamar a polícia, porra?" Ela me dá as costas e começa a falar ao celular. "Aí, Travis, sou eu. Duas coisas. Primeiro, desculpa a minha irmã ter ido na sua casa. Eu não tinha a menor ideia, juro por deus. Segundo, eu tinha razão. Ela praticamente confessou. Você sabe onde ela tá, então, quando ouvir esta mensagem, faz o que tiver que fazer. Ela matou o Ozzie. Não dou mais a mínima pro que acontecer com ela."

Ela encerra a ligação. Parece surpresa, mas não muito alarmada, quando vê que estou apontando a arma para ela. "Puta merda, você estava com isso aí o tempo todo. Eu deveria saber."

Não digo nada, porque sei que o silêncio a amedronta.

Logo ela começa a ficar nervosa e precisa falar: "Ah, vai, Claudia, larga essa coisa. Eu tava só tentando te fazer pagar pelo que você disse do papai. Não foi pro Travis que eu liguei. Tava só fingindo... Claudia? Vai, Claudia, fala comigo".

Ela não entende que estou esperando a voz da sanidade e da razão me deter antes de puxar o gatilho, mas a voz não tem bosta nenhuma a dizer.

EDWIDGE DANTICAT

EDWIDGE DANTICAT é autora de vários livros, incluindo *Breath, Eyes, Memory*, selecionado pelo Oprah's Book Club, e *Krik? Krak!*, finalista do National Book Award, assim como as coleções de contos interligados *The Dew Breaker* e *Clara da Luz do Mar*. Também é a organizadora de *Haiti Noir, Haiti Noir 2: The Classics* e *The Best American Essays 2011*. Seu livro mais recente é *Everything Inside*.

FAVOR TRADUZIR

[*Nota do tradutor: Fomos contratados para traduzir do crioulo haitiano para o inglês as seguintes mensagens telefônicas de Sauvanne Philippe Guillaume para seu marido, de quem é separada, Jonas Guillaume, pai de Jimmy Guillaume, de 5 anos. Somos tradutores profissionais certificados pela cidade de Miami e pelo estado da Flórida, com número de licença CT09956, se solicitado.*]

MENSAGEM #1: Oi. Estou ligando só para ver como vocês estão. Vou ligar mais tarde. Está bem? Então, tá.

MENSAGEM #2: Oi. Poxa. Por favor, me liga.

MENSAGEM #3: Jonas, eu gostaria que você ligasse para mim. Estou esperando por ele. Tenho que trabalhar amanhã. Peguei um turno extra de sábado. A mamãe vai cuidar do Jimmy para mim depois que você o trouxer para casa.

MENSAGEM #4: Jonas, eu só quero que você me dê notícias. Espero que esteja tudo bem.

MENSAGEM #5: Jonas, está tudo bem?

MENSAGEM #6: Jonas, cadê você?

MENSAGEM #7: Jonas, é quase meia-noite. Cadê você?

MENSAGEM #8: Jonas, eu vou aí pegar meu carro. [Murmúrios.] Por que deixei aquele ladrão pegar meu carro emprestado? [Mais alto] Jonas, eu só deixei você pegar meu carro para o Jimmy poder ficar seguro em um carro de verdade. Seu carro não estava na oficina, né? Não consigo acreditar que você me enganou de novo.

MENSAGEM #9: Ok, Jonas, agora eu estou muito preocupada. Vou chamar alguém para me levar até aí.

MENSAGEM #10: Puta merda, Jonas, ninguém demora tanto assim para comprar sorvete. Cadê você com meu filho? No meio da noite.

MENSAGEM #11: Jonas! Jonas! Eu quero meu filho.

MENSAGEM #12: Jonas [soluçando], Jonas, por favor. Aonde você levou meu filho?

MENSAGEM #13: [Inaudível.]

MENSAGEM #14: [Gritando] JONAS!

MENSAGEM #15: [Mais calma] Jonas, por favor, traz meu bebê de volta. Prometo que não vou te deixar. Eu fico com você. A gente pode falar com o pastor David e pedir uns conselhos, pelo bem do Jimmy. Por favor, Jonas, atende esse telefone.

MENSAGEM #16: Você não é policial aqui, Jonas. Aqui, você tem que seguir a lei. Como qualquer outra pessoa. Jonas, aqui você é igualzinho a todo mundo.

MENSAGEM #17: Eu não queria fazer isso, Jonas, mas esta é sua última chance antes de eu chamar a polícia. É melhor você me ligar, seu ilegal desgra... ok. Por favor, Jonas, por favor, me diz que meu bebê está bem.

MENSAGEM #18: Jonas, escuta aqui. Você quer que eu pegue pesado, então vou pegar. Se você acha que tem mais colhão do que qualquer outro homem no mundo, vou mostrar que tá errado.

MENSAGEM #19: Jonas, eu te amo. Amo mesmo. Por favor, traz meu bebê de volta agora. Por favor.

MENSAGEM #20: Jonas, é por causa do carro? Eu te disse que paguei sozinha. O Marcus não me ajudou. Você está com ciúmes à toa, Jonas. Ele é meu chefe, só isso, meu supervisor. Ele me promoveu no hotel, sim, mas não quer dizer que estamos juntos. Quero dizer, não estamos, o Marcus e eu. Eu não estou com ele. E também não estou com você. Por favor, traz meu bebê de volta.

MENSAGEM #21: Jonas, você foi meu primeiro amor. Desde que a gente era criança no Haiti. Sempre te amei. Não vou deixar de te amar por causa de alguém que acabei de conhecer. Eu nunca te humilharia assim, Jonas. Por favor, acredite.

MENSAGEM #22: Meu querido Jonas. Por favor. [*Murmúrios.*] Eu nunca deveria ter confiado nesse imprestável.

MENSAGEM #23: Você ainda está com raiva porque o Marcus comprou aquele carro pra mim, hein, Jonas? Você fez meu filho de refém por causa de um homem e um carro. Sabe de uma coisa? Você nem é homem. A polícia tá indo na sua casa agora. A polícia de verdade deste país. E eu vou junto.

MENSAGEM #24: Jonas, todo mundo sabe que fui eu que comprei aquele carro. O Marcus só me deu carona até a concessionária. Ele me ajudou a pechinchar o preço. Eu comprei sozinha.

MENSAGEM #25: Jonas, eu nunca mais vou deixar você fazer isso comigo. Nunca mais vou te deixar levar meu filho, desligar o telefone e me assustar assim. É a última vez. Tô falando sério. A última vez.

MENSAGEM #26: Jonas, desta vez eu vou mesmo chamar a polícia. Você acha que eu tenho medo porque não tenho meus documentos para morar aqui. Tá torcendo para me deportarem e assim você poder ficar com meu filho? O Marcus é muito mais homem do que você, Jonas. Ele me deu esse emprego mesmo sem os documentos. O visto que se dane, Jonas. Mesmo que me deportem de volta para o Haiti, vou levar o Jimmy comigo. Que se dane tudo, Jonas. Da próxima vez que você ouvir minha voz, vai ouvir sirenes também. Eu vou estar em um carro da polícia a caminho da sua casa, Jonas. É melhor você acreditar.

MENSAGEM #27: Não me obrigue, Jonas. Você sabe que eu posso fazer, e vou fazer. É melhor você me devolver meu filho. Vou ligar para o Marcus também. Ele vai me dar carona e a polícia vai tirar meu bebê de você. Eles vão te prender e te deportar, mas não antes de eu dar um baita beijo no Marcus bem na frente da sua cara feia.

MENSAGEM #28: Jonas, por favor. Desculpa. Desculpa. Eu só disse tudo aquilo para te deixar com raiva. Me desculpa, querido. Eu sinto muito, amor. Por favor, me perdoa. Por favor, por favor, me perdoa.

MENSAGEM #29: Jonas, eu ainda estou te dando um tempo. Eu menti. Ainda não chamei a polícia, mas se você me obrigar eu vou chamar. Agora são duas da manhã. [*Inaudível.*] Vou dar mais quinze minutos para você trazer meu filho e meu carro de volta. Olha, ainda estou tentando facilitar as coisas para você, Jonas. Por favor, traz nosso bebê de volta. Por favor. Por favor, traz ele de volta.

MENSAGEM #30: Jonas, você ouviu o telefone tocar? Viu meu número e não atende? Você dormiu? Jimmy tá dormindo?

MENSAGEM #31: Jonas, agora eu vou mesmo chamar a polícia, Jonas, e vou pegar um táxi até aí. Vou chegar e tirar meu bebê de você. Mesmo que custe cem dólares que eu não tenho. Vou até Miramar onde acho que você tá, seu mentiroso burro, seu sequestrador.

MENSAGEM #32: Ok, Jonas, eu entendo que, se é seu filho, não é sequestro. Eu sei. Desculpa por te acusar. Sei que você não sequestraria nosso filho só para me castigar. Por favor, traz o Jimmy de volta. Sinto muito por tudo que eu disse. Por favor, esquece tudo o que eu falei.

MENSAGEM #33: Jonas, você está mostrando que é um sujeito bem ordinário. Se acha que vai me sacanear, você vai ver só. É a última vez que você mexe comigo. Seu ciumento de merda.

MENSAGEM #34: [*Inaudível.*]

MENSAGEM #35: [*Inaudível.*]

MENSAGEM #36: [*Som de sirene, quase inaudível. Soluços.*]

MENSAGEM #37: Jonas, como você pôde fazer isso com nosso bebê? [*Voz masculina continua:*] SEU VAGABUNDO DESGRAÇADO, VOCÊ VAI MORRER!

MENSAGEM #38: [*Vozes de fundo altas. Soluços.*] Jonas, você não deveria ter fugido e deixado o Jimmy para trás assim. Jonas, você deveria ter se matado também.

MENSAGEM #39: Jonas. [*Mulher gritando:*] EU VOU TE ENCONTRAR! ONDE VOCÊ ESTIVER, EU VOU TE ENCONTRAR!

MENSAGEM #40: Jonas, vou passar o resto da minha vida procurando por você. [*Gritos. Soluços.*] Ah, meu deus, Marcus. Não dá para acreditar que ele fez isso com meu bebê.

MENSAGEM #41: Jonas, seu babaca idiota. Não dá pra acreditar que você fez isso com nosso filho. Eu sabia que esse telefone mostraria para eles onde você tava. É como ter um GPS em você, seu imbecil. Pode se esconder aí o quanto quiser, mas eles vão te encontrar. E, se tentar fugir, eles vão te apagar do mapa, mas nenhuma sentença de tribunal vai ser suficiente pra você. Mesmo se você sair vivo e for para cadeia. Um dia eu mato com minhas próprias mãos. Vou enfiar sua cara na água e te afogar do mesmo jeito, exatamente como já imaginei fazer mil vezes. Eu vou te mostrar, Jonas. Eu vou...

MENSAGEM GRAVADA: *Esta caixa postal está cheia.*

[FIM DA TRADUÇÃO.]

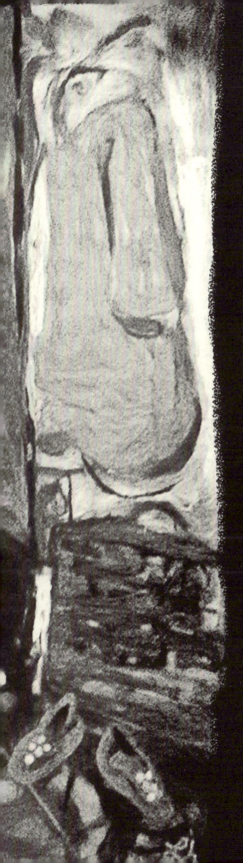

PARTE 2
UM INFORTÚNIO TODO SEU
©Laurel Hausler

JENNIFER MORALES

JENNIFER MORALES é poeta, escritora de ficção e artista performática residente na zona rural de Wisconsin. Seu conto "Cousins" foi publicado na coletânea *Milwaukee Noir*. Seu primeiro livro, *Meet Me Halfway*, coletânea de contos sobre a vida na hipersegregada Milwaukee, foi o Livro do Ano do Wisconsin Center for the Book em 2016. Morales é presidente do conselho do Driftless Writing Center em Viroqua, Wisconsin. Para mais informações, visite moraleswrites.com.

O MENINO SEM BICICLETA

O estacionamento de trailers da Beni fica colado no morro logo depois de um milharal, no meio do nada. Criaturas selvagens passam por ali o tempo todo — coiotes, raposas, veados, cobras, perus, gambás, sem falar dos coelhos e esquilos típicos de Milwaukee.

Não tenho medo dos animais, mas às vezes as pessoas me apavoram.

Beni se mudou para o campo um ano atrás para afastar seu filho, Adán, das más influências da cidade, mas não dá para dizer que o lugar para onde ela foi é muito melhor. Veja o caso da bicicleta de Adán, por exemplo. Ela foi roubada.

É por isso que estou aqui esta noite, percorrendo as estradas escuras do interior, procurando a entrada para a Propriedade Móvel Fim de Mundo. Beni diz que quer minha ajuda para descobrir quem roubou a bicicleta de Adán, mas acho que o que ela quer mesmo é que eu compre uma nova. Como se eu estivesse nadando em dinheiro.

E estou com saudade, disse ela na mensagem. *Vem cá vem passar o fim de semana comigo vai ser legal.*

Achei que tinha parado de tentar fazer Beni feliz, mas aqui estou eu, indo até o trailer dela, pronta para fazer qualquer coisa que ela peça.

Talvez eu esteja solitária. Foi um ano bem corrido desde que terminamos.

Concluí meu curso de carpintaria e arranjei um emprego no ramo de construção, que não me deixou muito tempo nem energia para fazer novos amigos ou mesmo ver os que já tenho.

Talvez seja o Adán. O filho de Beni foi praticamente meu filho também, nos dois anos que ela e eu passamos juntas. Tenho saudade dele, da cabeça redonda com os olhos grandes demais para o rosto, das besteiras que ele fazia o tempo todo, como usar as páginas em branco dos meus cadernos do curso para desenhar cavalos. Tantos cavalos, páginas e mais páginas. Irritante que só enquanto morávamos juntos; mas, de alguma forma — com a distância de um ano e algumas centenas de quilômetros —, quase chega a ser fofo.

A estrada passa pelo primeiro conjunto de trailers, um grupo de oito em forma de v em vários estágios de decadência, depois sobe um morro. No alto, a estrada se divide em duas ao redor do trailer dos proprietários, onde, à luz dos meus faróis, alguém abre uma cortina na cozinha e olha para fora. Eu aceno, sem saber se a pessoa consegue me ver. As bifurcações da estrada levam a um nível superior e a um inferior, cada um com mais seis ou sete trailers. Beni mora no nível mais baixo.

Entro na estradinha curta de cascalho e observo sua moradia antes de desligar os faróis. Estamos quase no final de outubro, e Beni pendurou enfeites de papel para o Halloween nas janelas da frente. Há algumas *calaveras* do Día de los Muertos no meio, o *papel picado* das bandeirinhas rendadas em forma de caveira mexicana cercado por aranhas e uma abóbora de papel, com um Drácula por cima de tudo.

Pego minha mala esportiva no banco de trás e me endireito para ouvir a noite. Grilos de fim da estação, alguns coiotes ao longe, o estrondo estático do tiroteio do videogame do vizinho. A voz severa de Beni chamando Adán lá de dentro.

Apalpo o bolso externo da sacola. O saco ziplock ainda está lá. É só vender isto aqui e Adán vai ter uma bicicleta nova e talvez ainda sobre alguma coisa para eu aproveitar. Quem sabe um presentinho para Beni também.

"Você veio", diz Beni ao abrir a porta, mas não parece lá muito surpresa.

"Oi." Eu me inclino para beijar seu rosto. Ela está bonita, o cabelo escuro preso num rabo de cavalo, a pele brilhante. "O ar do campo está te fazendo bem."

"Obrigada."

"Que cheiro gostoso."

"Fiz *mole rojo*. Daqui a meia hora saem as *enchiladas* de frango."

"Excelente." Não sei ao certo se tenho saudade do meu relacionamento com Beni; mas, de vez em quando, perco o sono me lembrando de suas comidas.

Adán entra na cozinha. Ele está engordando, um pouco flácido nos quadris.

"Paula!"

Ele está grande demais para isso, mas deixo que pule nos meus braços.

"Como assim? Eu passo uns meses sem te ver e você cresce e fica um metro mais alto que eu?"

Ele ruboriza. "Só uns centímetros. Minha mãe ficou brava, porque teve que comprar um monte de calça nova pra eu ir pra escola."

"Aposto que ficou." Eu o ponho no chão com um grunhido.

"Você quer ir procurar morcego?", pergunta Adán.

"Nada de morcego. Deixa a Paula descansar um pouco, tá?" Beni balança uma colher na direção dele. "Vá terminar a lição de casa. Depois você vai ter o fim de semana inteiro pra azucrinar a Paula."

Adán geme, seus ombros caem como barro molhado, mas ele faz o que ela diz. De volta a seu quarto, ele liga o rádio tão alto que a parede treme.

"Você está com um adolescente em casa." Inclino a cabeça em direção à parede que reverbera.

"Pois é, mas ainda é um bom menino."

"É." Vejo Beni andar pela cozinha, lavando pratos e limpando o balcão. O jeans apertado mostra suas curvas e eu me lembro da noite em que nos conhecemos, a noite de salsa num bar gay à beira do lago em Milwaukee.

"Quer cerveja?", pergunta ela.

"Seria ótimo."

Ela pega uma Corona da geladeira e serve num copo. Quando o deixa à minha frente na mesa da cozinha, ela toca no meu ombro onde a sacola continua pendurada.

"Você pode deixar isso num canto, sabe. Ficar aqui um tempo."

"Certo." Deixo a bolsa cair até meus pés e a empurro para debaixo da mesa.

Beni está perto de mim, os olhos castanhos brincalhões. "Tem alguma coisa aí dentro pra dividir comigo depois?"

"Tenho, mas não é o que você está pensando, Beni." Tomo um gole da cerveja.

"Não?" Agora ela está segurando a borda da minha camiseta e dando um puxão.

"Não, Beni... eu não vim aqui pra..." Dou um passo para trás, puxo uma cadeira e me sento nela. "Acho melhor a gente não dormir juntas."

"Como preferir." Ela vai até a geladeira, pega uma cerveja e senta-se na minha frente. Está mordendo o lábio, do jeito que faz quando eu a decepciono.

Eu meio que sabia que ela queria mais do que ajuda com a bicicleta quando mandou a mensagem, mas vim mesmo assim. Beni é uma mulher linda, mas nossa vida juntas foi mais complicada do que eu gostaria. Ela estava sempre tentando ser minha namorada e minha mãe — e com certeza não preciso de outra mãe. E ainda tem o Adán. Adoro esse menino, mas não sei se tenho o que é preciso para ser responsável por ele.

Tento mudar de assunto: "E a bicicleta do Adán? Você acha que foi roubada?".

"Sei que foi roubada."

"E como é que você sabe?"

Ela abre a lata de cerveja com um estalo e um chiado. "Porque sumiu."

"Talvez ele tenha largado em algum lugar."

"Não, de jeito nenhum. Você sabe como ele adora aquela bicicleta."

Sei, sim. Seis meses atrás, com a carteira cheia do meu primeiro pagamento de verdade como carpinteira, levei Adán até a loja de bicicletas e o deixei escolher a que quisesse. Quase não tremi quando o vendedor mostrou o preço: trezentos dólares.

"E foi alguém aqui do estacionamento de trailers que roubou." Ela põe a cerveja na mesa, como se fosse o ponto-final de uma discussão que eu nem sabia que estávamos tendo.

"Por que você acha isso?"

"Porque olha onde a gente tá, Paula. A dez quilômetros da cidade, escondidos na floresta numa estrada toda torta. Nem as pessoas que viveram nesta região a vida inteira sabem que estamos aqui em cima."

"E os proprietários vigiam vocês com olhos de águia." Lembro-me da pessoa na janela quando cheguei, a cortina se abrindo, depois fechando. "Tá. Quem você acha que foi?"

"Não sei. Deve ter sido uma criança. Ou alguém que rouba as coisas e vende pra comprar droga."

"Droga pesada, você quer dizer." Penso na erva que está na sacola a meus pés.

"Como eu vou saber que tipo de droga?"

"Hum, falando nisso, depois do jantar tenho que fazer um servicinho. Aquele tal de Dean ainda mora aqui, no trailer azul?"

"Mora." Beni faz um som estranho, como se fosse cuspir. "Dean."

"Por que tá fazendo careta?"

"Aquele cara é seboso. Estou morando aqui faz um ano e juro que não posso nem ir até a bosta da caixa de correio sem ele dar em cima de mim duas vezes. Uma na ida, outra na volta."

"Ele não sabe que você é lésbica?"

Beni bufa. "Ah, você conhece o tipo. Acha que pode te transformar em hétero com o amor do homem certo." Ela se reclina na cadeira e agarra o meio das pernas como se tivesse um volume dentro da calça.

"Detesto esses caras", respondo, mas não quero conversar sobre a calça dele. Estou mais interessada no que ele tem nos bolsos. "Você acha que ele está interessado em fazer uma comprinha?"

"Ah, é isso que tem na sua sacola." Beni me dá uma olhada. "Achei que você tivesse vindo aqui pra ver a gente, e ajudar com a bicicleta."

"É por isso mesmo. Por causa da bicicleta. Para o caso de a gente não encontrar. Vou precisar de dinheiro pra comprar uma nova pro Adán."

"Pensei que você tivesse parado com essas coisas, agora que tem um trabalho bem remunerado."

"Parar, eu parei. É que isso é importante, e eu ainda não guardei nenhum dinheiro. Demora um tempo pra gente entrar nos eixos."

"Nem me fale." Ela abana as mãos para mim do outro lado da mesa. "Eu não gostava quando você vendia." Há dureza em seu olhar, mas tristeza também.

Estamos presas naquela fase meio recente de separação lésbica, em que ainda temos o direito de nos preocupar e dar bronca uma na outra, mas não o direito de interferir. Fico aliviada quando o tom dela muda para o de interesse próprio.

"Sabe, não quero que minha casa ganhe reputação de boca de fumo", diz ela. "Você vai fazer eu ser expulsa."

"Não é boca de fumo se as drogas não estiverem na casa. E, na boa, vai ser a última vez. Vou comprar praquele menino a melhor tranca de bicicleta da loja. E, se ele não prender a bicicleta, eu volto aqui e dou o maior *chanclazo* da vida dele. *Pá!*" Enceno uma chinelada no traseiro de Adán, e Beni não segura o riso.

Ela se levanta da mesa e diz: "Tá legal. Faz o tal servicinho depois que a gente comer. Só não deixa o Adán saber de onde vem o dinheiro, tá? Nem os vizinhos".

"Pode deixar."

Depois do jantar, Adán e eu saímos para o quintalzinho da frente para ver os morcegos indo e vindo sob a luz do poste.

"Sabia que um morcego consegue comer 6 mil insetos numa noite só?", pergunta Adán. "Mas este ano vários ficaram doentes e morreram por causa de um fungo no nariz, então tem mais insetos."

"Fungo no nariz, é?" Olho seu rosto voltado para o céu, uma mistura de seriedade adulta e presunção pateta de menino de 8 anos. "Onde você aprendeu tudo isso?"

Ele encolhe os ombros. "Gosto de ler sobre os bichos. A gente teve que fazer um relatório sobre animais na aula de ciências e eu escolhi o morcego-marrom. E às vezes vou pra casa do Badger, e a gente vê o Animal Planet antes de o pai dele chegar. Ele tem TV a cabo."

"Badger? É um amigo da escola?"

"É. E ele mora aqui. O nome dele de verdade é Robert ou coisa assim, mas o pai dele chama ele de Badger."

"Ele gosta de esportes?" Pensei no Wisconsin Badgers, o time de futebol americano da Universidade de Wisconsin. A sede fica a uns 145 quilômetros a leste daqui.

"Não! Ele é que nem eu."

"Como assim?"

Adán deixa de prestar atenção aos morcegos e baixa o olhar. "Sei lá. Ele não gosta de esporte, só isso."

"Mas gosta de bicho tanto quanto você?"

Adán assente e eu estendo a mão para fazer carinho na cabeça dele.

"Que bom, garoto. Legal você ter um amigo."

Beni o chama, e entro com ele para dizer boa-noite e pegar o saco ziplock. Mando uma mensagem de texto para o número do Dean, que guardei da última vez, há três meses.

Vem aqui, responde ele. *Lembra qual trailer?*

Existe um intermediário na maior parte dos negócios. Nesta transação, sou a intermediária do intermediário do intermediário. Alguém trouxe o bagulho para Milwaukee numa remessa grande, como um caminhão cheio, do México ou da Califórnia — direto da plantação. Aí uns caras em Milwaukee dividiram tudo para vender para pessoas como eu. Então estou aqui, torcendo para o Dean comprar dois quilos para abastecer a vizinhança.

"Ah, uau", diz ele, voltando a se reclinar no sofá imundo. "É erva da boa."

"Né?"

Ele me passa o baseado, mas não dou mais que uma tragada. Não posso chapar no trabalho.

"É." Ele se perde por um segundo, os olhos vagando para a televisão muda, onde está passando um programa de pesca. Depois, volta aos negócios. "Vou comprar. Com certeza esse é um produto que eu posso endossar. Aqui a gente não encontra coisa boa nem pra limpar a bunda, muito menos pra fumar."

"Então, vai ficar com o pacote todo?"

Dean não parece me ouvir. "Falando em limpar a bunda, eu já volto."

Ele vai ao banheiro. Menos de dez segundos depois, sinto uma presença na sala escura.

"Pai?" É voz de criança, de menino.

"Oi, carinha. Seu pai está no banheiro. Eu sou a Paula."

O menino emerge da escuridão que se acumula dos lados da tela grande da tv. "Quem é você?"

"Paula, acabei de dizer."

"É, mas assim..." Ele esfrega os olhos. "Você é namorada do meu pai?"

Dou risada. "Não, de jeito nenhum. Eu sou a Paula." Estendo a mão para ele apertar, que ele segura por uma fração de segundo. "Sou amiga da... você conhece o Adán, aqui do estacionamento? Vocês devem ter a mesma idade."

Agora o rosto da criança se ilumina. "Conheço. Ele é meu amigo. A gente está na mesma classe."

"Peraí. Você não é o Badger, é?"

Ele confirma balançando a cabeça.

"Adán estava falando de você agora mesmo."

"Estava?" Consigo ver todos os dentes de Badger brilhando à luz da tv. São grandes demais para sua boca de menino do terceiro ano.

"Arrã, sobre ver o Animal Planet e não gostar de esporte."

"Quem não gosta de esporte?" Dean volta para a sala de estar, fechando o cinto. Ele segura o ombro de Badger. "Este menino adora futebol. E hóquei. Não é?"

Badger assente com a cabeça antes de Dean dizer: "Volta pra cama. A Paula e eu estamos numa conversa de adulto". Ele pisca para mim de um jeito que revira meu estômago.

"Ei, Badger, antes de ir, posso te fazer uma pergunta?"

"Pode, sim."

"Por acaso você sabe o que aconteceu com a bicicleta nova do Adán?"

É impossível ser mais loiro que esse menino, e ele tem uma pele branca combinando. Tão branca que até sob a luz fraca da TV consigo ver que ele ficou corado, da gola do pijama até o alto da testa. Ele pode não ser o ladrão, mas sabe de alguma coisa.

"Sem chance. O Badger não tem nada a ver com aquele viadinho." Dean se vira para o filho e ri. "Né, garoto?"

O corpo de Badger está tenso. Ele parece pronto para sair correndo, desperto por dentro, como um animal que é observado, mas não diz nada. Quando o pai o deixa voltar para a cama, é quase como se ele se derretesse, desaparecendo no carpete verde do trailer.

Dean volta ao sofá e senta-se perto demais de mim. O grande isqueiro Zippo que ele usou para acender o baseado aperta minha coxa através do bolso do seu jeans.

"Então, você vai comer alguma coisa mais tarde?", pergunta ele, os olhos mergulhando no decote em v da minha camiseta. "Ou alguém?" Ele ri da própria piada. É um sorriso impreciso e frouxo — a erva o faz flutuar —, mas de algum jeito ele consegue passar a mão entre as minhas pernas, bem no alvo.

Eu me levanto e grito: "Você sabe que eu sou gay, né?".

Isso o tira do clima, e ele recua como se eu tivesse batido nele.

"Sério? Porra, é como se fosse contagioso. Você, aquela Beni, minha irmã caçula. Porra." Ele também se levanta e pega a carteira. "Melhor a gente encerrar." Ele tira quatro notas de cem da carteira e as joga no tampo de vidro cheio de tralhas da mesa de centro à nossa frente.

"Valeu."

Seus olhos me acompanham quando pego o dinheiro.

Na tarde seguinte, saio com a escada portátil de Beni e minha caixa de ferramentas. Parte do acabamento do teto está se soltando, e eu preciso usar as mãos de alguma forma. Adán ajuda me alcançando as ferramentas da caixa. Estou no segundo degrau do alto quando uma picape estaciona.

"Ei!" É Dean, gritando pela janela aberta. Badger também está no carro.

"Oi?"

"Eu deveria ter dito isso ontem. Fica longe do meu filho." Ele aponta o dedo para mim, no alto da escada, então fica claro com quem ele está falando.

Desço e vou até a janela dele, tentando fazê-lo parar de gritar. "Do que você está falando?"

"Podemos continuar com os negócios, mas não quero que você fale com o Badger nunca mais."

"Porque eu sou gay."

O menino está no banco do passageiro, abrindo e fechando as mãos.

"Exato." Os olhos azuis de Dean ardem com uma raiva tardia.

Ele está com um colete camuflado por cima da camiseta e, pela primeira vez, noto o 88[1] tatuado em seu antebraço. Ao lado há uma cruz de ferro. "Estou tentando educar um menino normal aqui e não quero que ele fique confuso com suas ideias pervertidas. Entendeu?"

Em vez de responder, eu me inclino na janela aberta e digo: "Oi, Badger!", na minha voz mais alegre.

Às vezes, o diabo me leva a fazer certas coisas.

Dean põe a picape em marcha à ré e sai, fazendo uma curva fechada na estrada e me forçando a pular para fora do caminho.

"Paula?" Adán se aproxima, ainda segurando um punhado de pregos.

"Diz aí, amiguinho."

"Por que ele não quer que você fale com o Badger?"

"Porque eu sou gay. Ele acha que é contagioso, tipo uma gripe." Tento amenizar as palavras rindo, mas a risada soa falsa, até para mim.

---

1 Tatuagem ligada aos supremacistas brancos; 8 refere-se à oitava letra do alfabeto, H, e 88 simboliza a saudação nazista "Heil Hitler". [NT]

Adán coloca os pregos de volta na caixa de ferramentas. "Acho que tem muita gente que é gay. Quero dizer, além de você e da minha mãe."

"Claro que tem."

Ele encosta o dedo na bochecha como se estivesse pensando em alguma coisa. "Então, quer dizer que ele deve conversar com gente gay o tempo todo e nem sabe disso."

"É, bem, acho que o pai do Badger não se ligou nisso."

Depois do jantar, Beni e Adán querem assistir a um filme, então eu saio para trabalhar num projeto no galpão atrás do trailer.

"Não saiam", grito para eles. "Estou fazendo uma coisa pra vocês."

Vou construir uma casa de morcego para Adán seguindo uns tutoriais que encontrei na internet e com uns pedaços de madeira que estão no galpão.

Uma hora depois, abaixo a serra e saio para tomar um pouco de ar fresco. A noite sem lua promete uma geada, e eu esfrego as pernas endurecidas para aquecê-las.

Do outro lado da rua, um menino vai para o barranco que desce até a floresta, a oeste do estacionamento. Ele olha para trás ao passar debaixo da luz do poste. Olho as horas no celular. São quase dez: é tarde para alguém tão pequeno sair sozinho. Contorno o trailer de Beni e o próximo, até a beira da floresta. O garoto desaparece pela borda do barranco. Eu o ouço pisar nas folhas secas, depois o *ploc-ploc* de troncos sendo jogados. Poucos minutos depois, ele volta empurrando uma bicicleta.

Corro de volta ao trailer de Beni e espero encostada à parede debaixo do toldo onde ela guarda o carro. A TV pisca em azul e branco, lançando uma luz caótica nos cascalhos clarinhos. O filme está chegando ao clímax, cheio de explosões e pessoas gritando.

O menino, que agora posso confirmar ser Badger, vira a esquina do trailer. Ele deixa a bicicleta cair no chão e se vira para correr, mas eu o seguro e cubro sua boca com a mão.

Seus olhos estão arregalados e o pescoço sua enquanto ele se livra de mim. Não tenho coragem de segurar uma criança por muito tempo contra a vontade dela, mas estou zangada.

"É a bicicleta do Adán?", pergunto, embora saiba que é. Eu a reconheceria numa fila com outras cem bicicletas, considerando o quanto me custou.

"É." O rosto de Badger se franze, e o menino começa a chorar.

"Por que você pegou?"

Ele está beliscando as pálpebras para fazer as lágrimas pararem.

"Badger, por que você pegou a bicicleta dele e jogou na vala?" Não consigo disfarçar a raiva em minha voz.

"Não sei. Desculpa! Eu devolvi, tá?" Sua voz se enche de pânico crescente. "Ele gostava tanto da bicicleta que eu quis pegar. Não conta pra ele, tá? Tá?"

Seu medo o faz parecer anos mais novo, e minha fúria se transforma em pena.

"Olha, garoto. Estou feliz por você trazer a bicicleta de volta, mas acho que precisa contar pro Adán o que aconteceu. Tem que pedir desculpas pra ele."

Ele fica parado, a luz do filme piscando em seu rosto.

"Vamos lá, amigo. Acho que ele não vai ficar muito bravo. Ele gosta muito de você, sabe."

Badger enxuga o rosto com a camiseta e assente com a cabeça. Ele está mole, arrastando os pés. Quase acho que vai pegar minha mão enquanto subimos os degraus escuros, mas ele não pega.

Abro a porta e digo: "Ei, Beni, você pode desligar a tv um pouquinho? Tem alguém aqui pra falar com o Adán".

Beni se levanta do sofá e acende uma lâmpada na sala de estar. "Adán, desliga o filme um pouco." Ao ver Badger, ela olha para o relógio acima da porta. "Badger? Está tarde pra visita, meu bem."

Adán praticamente dança de alegria. "Badger!" Então ele vê meu rosto. "O que foi?"

"Achei sua bicicleta", responde Badger.

"Badger." Dou um tapinha em seu braço.

Ele olha feio para mim e depois baixa o olhar, observando os próprios sapatos. "Eu peguei sua bicicleta, mas agora devolvi."

"Sério?" Adán vai até a porta e olha para fora. "Eba! Mãe! A bicicleta tá aqui."

Beni se inclina pela porta para olhar também. "Por que fez isso, Badger?" Ele só balança a cabeça de um lado para o outro e encolhe os ombros. "Quer dizer alguma coisa pro Adán?", eu pergunto.

Badger suspira como se estivesse prendendo a respiração. "Desculpa, Adán. Por favor, não fica bravo comigo."

Lá fora há um ruído de cascalho sendo pisado e a porta se abre ainda mais, deixando entrar uma corrente de ar frio. Antes que eu possa reagir, Dean está na sala.

"O que você tá fazendo com meu filho?" Ele agarra o menino e escancara a porta. "Badger, espera lá fora." Ele se vira para mim, com o dedo na minha cara. "Eu te disse pra ficar longe do meu filho."

"É melhor você sair daqui", diz Beni. Ela empurra Adán para trás de si.

Dean mantém a atenção em mim. Seus olhos estão vermelhos, vidrados por alguma substância — cerveja, erva ou ambas. "Não vou deixar você fazer meu filho virar viado." Ele me empurra. "Sua sapatão. Sapatão nojenta chupa-buceta." Ele me empurra de novo, mais forte desta vez, tanto que atinjo o balcão que separa a sala da cozinha. Meus joelhos falham, e levo um tempo para me equilibrar.

No balcão, há uma faca de picar legumes que sobrou do jantar. É curta, mas vai servir. Eu a pego quando me endireito.

Dean me dá um soco e eu sinto um osso ceder no rosto.

Beni grita e empurra Adán em direção ao quarto. "Vai!"

A dor no meu queixo é como mil agulhas elétricas. Meu olho esquerdo se enche de estrelas, mas o direito consegue ver Dean recuando para dar outro golpe.

Beni procura o celular.

Antes que Dean possa me bater de novo, eu o ataco com a lâmina patética. Miro logo abaixo das costelas e isso basta para detê-lo. Ele recua cambaleando e eu avanço, aproveitando seu movimento para trás para fazê-lo cair de bunda no chão.

Pulo em cima dele, montando em seu peito e prendendo os braços com minhas pernas. Encosto a faca ensanguentada em seu pescoço, aperto a ponta na pele fina debaixo do queixo.

Dean continua furioso e se contorce por baixo de mim. "Me solta, vagabunda!"

Aperto a faca mais fundo e a pele se rompe. Uma gota vermelha desce pela lâmina. "Eu posso apertar mais, se você quiser."

Ele cospe no meu rosto; o catarro me atinge logo abaixo do olho inchado, mas Dean para de se mexer.

Beni está falando com a polícia ao telefone. Não gosto da ideia de envolver os policiais. Se eles descobrirem a erva, posso ser presa ou perder o emprego, mas também não sei quanto tempo consigo segurar Dean sem matá-lo. E eu não quero matá-lo. Por mim; não por ele. Neonazista de merda.

Por garantia, a polícia leva nós dois, mas sou liberada depois do interrogatório. Dean vai para o hospital fazer uma cirurgia — eu torcendo para ele não poder pagar —, depois para a prisão, aguardar julgamento por invasão de domicílio. Beni me leva até o hospital em La Crosse, a 64 quilômetros, para que Dean e eu não nos encontremos na mesma sala de emergência de cidade pequena.

No julgamento, Adán e Beni são chamados como testemunhas. Adán se sai muito bem, confirmando minha história desde o começo até o ponto em que sua mãe o mandou para o quarto. Beni também está ótima. E parece que Dean guardou segredo sobre a droga. Para seu próprio bem, sem dúvida, não por mim.

Beni precisa se mudar do estacionamento de trailers. Ela e Adán não vão ficar seguros aqui quando Dean sair da cadeia, daqui oito meses ou um ano, dependendo de seu comportamento.

Beni comenta, como quem não quer nada, sobre a possibilidade de voltarem para Milwaukee e morarem comigo de novo, mas eu não mordo a isca. Houve um momento, logo depois da briga com Dean, em que senti um desejo quase animal de ser parte da família outra vez, de me aninhar, mas passou. Agora a ideia me faz sentir presa.

Quando Beni desiste, fico aliviada.

"Ainda acho que é melhor criar o Adán aqui no interior, mesmo", diz ela. "Vou procurar alguma coisa mais pra lá da estrada, na cidade, onde vai ter mais gente por perto pra ficar de olho."

Não posso deixar de pedir que Adán dê uma olhada no que Badger anda fazendo. Ele vai morar com a avó perto daqui até Dean sair, mas me preocupo com ele tentando sobreviver a um pai assim. "Quem sabe vocês continuem amigos na escola. Mas, sabe, em segredo."

"Sei lá", responde Adán. Suas sobrancelhas se juntam com preocupação, e eu me sinto mal por ter feito o pedido. "O pai dele estava muito bravo."

"Eu lembro." Toco a bochecha no lugar onde o médico costurou meu rosto. Ainda tenho todos os dentes, mas aposto que estes ossos vão doer quando chover.

"Acho que é melhor eu não fazer isso." Ele olha para mim, procurando no meu olhar permissão para dizer não.

O pobrezinho está tentando não chorar, então deixo para lá.

ELIZABETH MCCRACKEN

ELIZABETH MCCRACKEN é autora de seis livros, incluindo *The Souvenir Museum*, o mais recente. Mora em Austin, Texas, com o marido, o escritor e ilustrador Edward Carey, e com os filhos.

UM ESPÉCIME PRIMITIVO

Na Itália, era turista — isto é, um animal; isto é, ficaria feliz em rasgar a garganta de qualquer outro turista com os dentes. De modo geral, foi um avanço. Quando jovem, em vez disso, ela teria oferecido a própria garganta. *Como você gostaria de morrer?*, um amigo perguntou certa vez. A resposta: espancada por uma multidão. Pelo menos assim seus últimos momentos seriam feitos de paixão e toque. Pelo menos assim saberia quem culpar.

Estava quente. Isso porque era a Itália? Porque hoje qualquer lugar é quente? As filas para os museus estavam repletas de sofrimento humano. Tudo bem sofrer. Estava na lista de tarefas. Ela não tinha saudades de casa, ao contrário: não queria se sentir nem em casa nem à vontade em nenhum lugar do mundo. Tornara-se turista. Vinha de lugar nenhum e não tinha história nenhuma.

Mesmo assim, esperar a deixava furiosa. Estava na frente do museu Uffizi, no que parecia ser uma das dezenas de filas, cada uma seguindo sua própria gramática. Ah, ela detestava todos que a rodeavam da mesma maneira — que alívio: nenhuma nacionalidade era pior do que outra, alemães, chineses, suecos ou seus compatriotas, o velho tonto dizendo à esposa: "Loretta. Loretta. Loretta. Será que eu fotografo isto?". E esse *isto* poderia estar se referindo a uma antiga coluna ou ao pombo esfarrapado que mancava como um velho professor na calçada. Talvez o marido de Loretta fizesse fotos de pombos onde quer que estivesse. Eles deviam ser famosos no condomínio onde moravam, Os Loretta, por sua apresentação de slides peculiar: pombos do mundo.

Finalmente ela pôde entrar na galeria, foi autorizada a pagar, foi confrontada por uma ampla escadaria para subir. Havia mais escadas na Itália do que em qualquer outro país, estava certa disso. *Tudo bem*, disse a si mesma, como fazia toda vez que subia escadas na Itália, *vamos fazer deste um ato de devoção*. Ela era turista, não tinha passado, mas seu presente era robusto e de meia-idade. A cada degrau, ela jurou, jogaria uma coisa fora. O problema era que tudo o que já fizera na vida tornava terrível subir as escadas, cada cigarro, cada *gelato*, cada momento sedentário. Que jeito bárbaro de se elevar no ar, içando a própria carcaça poucos centímetros por vez. Apesar disso, sempre havia alguma coisa para admirar no alto das escadas, uma vista ou uma pintura famosa, então ela subiu.

Na frente do Uccello, paus de selfie proliferavam e se inclinavam como lanças. Uma muralha de gente tirando fotos bloqueava o Botticelli que você poderia comprar na loja de presentes em forma de cartão-postal, pôster, caixa de óculos, caixinha de comprimidos ou estatueta colorida. Arte famosa deixava todo mundo idiota.

Ela também. Hoje em dia, as notícias de todos os lugares eram sombrias, apocalípticas, por isso qualquer grupo de pessoas, para ela, parecia um ensaio geral para o fim do fim, quando as bombas cairiam e os demônios viriam do inferno para agarrar os tornozelos. E você seria ou um dos idiotas fotografando o apocalipse, ou um dos idiotas reprovando os idiotas com as câmeras, mas a Eternidade viria para todos. A Eternidade ou o oposto dela — o nada.

As pinturas estavam nas galerias; e as esculturas, nos corredores. No final do primeiro corredor, ela se deparou com a escultura em pedra escura de uma loba que tinha perdido a cabeça, a cauda, boa parte das pernas e seus Rômulo e Remo (se é que um dia os tivera) e parecia, na verdade, um pão preto com tetas. Loretta e o marido haviam chegado e estavam tirando fotos. Ele usava o celular. Ela, uma câmera de plástico descartável, com engrenagens de brinquedo. *Cric, cric, cric.* "O que é isso?", perguntou Loretta ao marido. Ela usava uma boina vermelha que parecia ter caído na sua cabeça; era uma mulher muito pequena, com olhos brilhantes de passarinho.

O marido era grande e tinha o rosto flácido. Ele respondeu: "Parece um bolo de carne".

"Aqui isso tem outro nome", disse Loretta, numa voz infantil e perturbadora, convicta e aguda. Ela acrescentou: "Em Roma, faça como os romanos...".

Não estavam em Roma.

Sou turista, pensou a turista. Todos tinham saído do mesmo buraco, com o mesmo objetivo. Vieram de Turismo; vieram para olhar. *Eu sei como você se sente*, disse a turista, mentalmente, à loba amputada. Ah, tinha que sair dali. Mesmo dentro do Uffizi estava quente, o que ela imaginava ser péssimo para as obras de arte. Teve vontade de alertar as autoridades.

Lembrou-se de ter lido sobre outro museu do outro lado do rio, com modelos anatômicos de cera do século XVIII. Mulheres esfoladas e corações solitários, literalmente solitários, sozinhos em armários de vidro, ao lado de fígados e pulmões igualmente solitários.

Um museu de cera precisaria ser mantido em baixa temperatura, com certeza, mesmo no Velho Mundo.

Antes de vir para a Itália, estivera num bosque, mas agora estava na selva; os braços e pernas de outras pessoas eram como trepadeiras que ameaçavam envolvê-la. Atravessou a Ponte Vecchio e não se preocupou em deixar de atrapalhar os fotógrafos que estavam ali tentando clicar a pessoa amada; andou a passos largos, pisoteando todas aquelas rédeas imaginárias de atenção que uniam fotógrafo e fotografados. Quente demais para parar. Lotado demais. As pessoas eram areia movediça. No fim da ponte, ela parou para tomar um *gelato*: questão de saúde. *Frutti di bosco.* Pequeno, mas era uma daquelas bancas em que o pequeno na verdade era enorme, e caro, e servido com o tradicional guardanapo de *gelato*, tão pouco absorvente que daria no mesmo usar uma faca no lugar. O sorvete era delicioso, e ela o detestou, detestou o homem que o havia lhe entregado, grande como a tocha da Estátua da Liberdade, e exigindo cinco euros. Ainda estava comendo, sorvendo, *working on it*, como diziam no país de seu passado, quando se deparou com o Palazzo Pitti. Pensou: *eu também construí um Palácio de Pitis para mim*.

Não importava de onde tinha vindo, Loretta. Nem por que achou que gostaria de ver uma mulher de cera esfolada. Nem quem estava esperando por ela ou não: um casamento infeliz ou um casamento totalmente acabado ou um casamento só levemente esverdeado nas bordas, como uma joia barata. Uma amiga que planejara acompanhá-la na viagem, mas que em vez disso se apaixonara e fugira para o Alasca. Uma criança. A morte de uma criança. A morte de um dos pais. Não era da sua conta.

O pátio em frente ao museu de antigos modelos anatômicos de cera — na verdade, o museu de história natural — era o primeiro lugar tranquilo a que ela chegava em dias. No calor, cercada de pessoas, tudo parecia uma catástrofe, mas agora era como se tivesse entrado numa clareira de sorte. Havia uma máquina que vendia bebidas no canto, improvável e brilhante, e ali ela comprou uma garrafa de água por sessenta centavos, se é que o nome era "centavos" — ela não tinha certeza. A água estava extraordinariamente fria. Sua cabeça também esfriou e se acalmou. O museu ficava no terceiro e no quarto andares. Havia um elevador. Ela o pegou.

No fim, os modelos de cera só podiam ser vistos em visitas guiadas, e não haveria mais nenhuma naquele dia. A turista usou seu italiano irrisório com a jovem simpática do balcão e entendeu que, se seguisse pelo resto do museu — uma enorme coleção de animais empalhados —, acabaria chegando às galerias de cera e poderia espiá-las na saída. Comprou o ingresso. Não havia sinal de nenhum outro visitante, nem sequer o som de passos ao longe.

Havia 24 salas com vitrines de animais empalhados no museu de história natural, incluindo um hipopótamo do século XVII que tinha pertencido aos Médici. Nascido no século XVII, morrera no século XVII, empalhado no século XVII. O hipopótamo tinha companhia. Pangolins, um gambá. Uma morsa empalhada quase até estourar com uma longa cicatriz no peito, parecendo um paciente cardíaco que não quis mudar seus hábitos, apesar de tudo. Dois tubarões de queixo caído, um com cara de *bon-vivant* lunático, o outro (de expressão ligeiramente voltada para baixo), horrorizado com o colega. Sentiu o calor de todos os animais vivos que já conhecera se abater sobre ela, o poodle malvado que mordia, o poodle bem-intencionado que nunca tinha sido domesticado de verdade, o gato frajola neurótico, o delicado tigrado laranja.

Uma vez, caminhando na Irlanda com alguém que ela havia amado, turista lá também, foram seguidos primeiro por um cachorro — um jack russell com um talho na orelha —, depois outro (meio dálmata), mais outro (um vira-lata malhado e magricela), e logo parecia a cena de um musical ruim; musical porque o sol brilhava e eles estavam perto do oceano: à habitual luz irlandesa, poderia parecer um filme de terror. Um cachorro atrás do outro. Um clube de passeadores de cães. Não, não deveriam deixar os animais soltos, pensou ela, então uma vozinha disse: "Ah, mataram o porquinho-da-índia de alguém".

Quem falava era uma menininha, espiando dentro de um armário de vidro. A turista não identificou o sotaque, mas não parecia norte-americano.

"Talvez ele tenha morrido de causas naturais", sugeriu a turista.

A menina se virou. Era muito bonita como uma obra de arte ruim, com lágrimas nos olhos escuros e rubor nas bochechas, cabelos negros e pele acobreada. Arte ruim, não boa, por causa das lágrimas e do olhar trágico. Havia uma mensagem ali. Sofrem as crianças, ou coisa assim.

"Eu não gosto desses lugares", disse a menina. Tinha voz gutural. As crianças mais novas adoravam museus de história natural — não por não entenderem que os animais estavam mortos, mas porque ainda não entendiam que era possível, talvez até fundamental, culpar alguém por esse fato. A menina havia passado dessa fase; uns 8 anos. O porquinho--da-índia tinha pelo claro, malhado e desgrenhado.

"Ninguém matou o porquinho-da-índia", disse a turista ao porquinho-da-índia, e acrescentou: "De qualquer forma, a esta altura, ele já teria morrido". Ela se virou, e a menina havia sumido, como um fantasma. Tarefa ruim para um fantasma, assombrar 24 salas com animais mortos. Os pais dela deviam estar por perto.

A turista passou por uma muralha de aves, talvez duzentas, paradas nos poleiros. Passou por peixes — pelos quais não sentiu nada. Um arminho, que ela amou. Uma capivara. Camundongos. Para um museu, as salas estavam quentes, mas era tolerável.

Ficou surpresa por sentir prazer com os animais. Ficou surpresa por sentir prazer com alguma coisa.

Então, saiu pelo canto da sala e viu dois chimpanzés, e o prazer acabou. Ah, não. Era errado exibir primatas. Era o que achava. Eram como múmias num museu: a gente poderia se esquecer, por um momento, de que se tratava do corpo do filho de alguém, ou da mãe, colocado numa caixa de vidro para as pessoas olharem, mas depois, se a gente fosse uma boa pessoa, lembrava. Um chimpanzé agachado no chão da vitrine erguia a mão lânguida e gesticulava para a vitrine ao lado, que continha...

... uma mulher.

Inegavelmente, uma mulher, viva, com uma túnica de estampa laranja-metálica confusa, e óculos escuros, do tipo que estava na moda nos anos 1980, com hastes angulosas e um par de iniciais minúsculas grudadas no canto inferior da lente direita. Ela.ergueu as mãos como se rugisse. Sua cabeça era enorme, e os cabelos tinham uma dezena de cores artificiais: uma mecha vermelho-alaranjada, mechas cor de caramelo artificial, amarelo-limão, amarelo-canário, bola de fogo atômica. A mulher pareceu notar a turista. Ela saiu da vitrine — havia uma saída bem ali, com três degraus para descer — e disse, com um sotaque gutural: "Ah, que bom, é você".

A turista olhou para trás, para a menininha com quem a mulher devia estar falando. Ela não estava ali.

"Você entende", continuou a mulher. Ela apontou para a vitrine. Atrás, havia um espelho. "Então sabe qual é a sensação. Para as crianças e para os sofredores."

A turista não estava entendendo nada. A mulher era monstruosa e glamorosa, um exemplo do quanto a monstruosidade e o glamour eram parecidos. Nenhuma parte dela afinava onde se esperaria que um corpo feminino afinasse, nem nos pulsos nem nos tornozelos, nem nos dedos, na cintura ou no pescoço. Uma parte simplesmente se encontrava com a seguinte. Em todas essas interseções, ela usava joias, como se para camuflar ou chamar atenção. Suas pulseiras tilintavam. O cinto brilhava.

Ela ergueu os óculos para revelar um par de olhos verde-escuros. "Você viu uma criança?", perguntou.

A turista apontou para trás. "Ela está lá."

A mulher assentiu distraidamente. Apoiou os óculos no cabelo variegado. Depois enganchou o braço no da turista, as pilhas de pulseiras chacoalhando quando ela baixou o cotovelo. Doeu. A turista se perguntou se deveria lutar. Era um lugar estranho para alguém prender a mão, os nós dos dedos encostando no seio da mulher, que era envolto num sutiã de imenso poder: quase podia sentir o relevo das rosas na trama do tecido. Por que usar uma túnica folgada com roupas íntimas tão sofisticadas?

"Você viu o elefante", perguntou a mulher monstruosa e glamorosa.

Tinha visto? Os animais do museu pareciam um sonho que começava a se partir em pedaços. A Arca de Noé numa casa de espelhos; a Arca de Noé no fundo do mar.

"Acho que não."

"Não pode esquecer o elefante." A mulher olhou por cima da cabeça da turista e repetiu: "Ah, que bom. É você".

Ali estava a menininha, passando por uma vitrine cheia de macaquinhos tristes, belos como *putti*, meros espectadores do desastre maior, e mesmo assim abençoados. Agora a menina parecia suja e selvagem, uma criança feroz criada por lobos que por acaso tinham sido empalhados e expostos no museu. De jeito nenhum ela se renderia a um ser humano vivo. Ela parou na frente dos macacos e disse: "É como se eles estivessem na prisão".

"Não é", respondeu a mulher.

A menina apoiou a mão na vitrine dos macacos.

"Como é que você sabe?"

"Porque eu já estive na prisão."

"Mas você já foi macaco?", perguntou a menininha, e a mulher riu. Abriu os braços e soltou a mão da turista, porque tinha encontrado um brinquedo melhor, mas a menina apoiou a bochecha no vidro, ao lado da mão. Não cedeu.

"Você quer morar pra sempre no museu?", perguntou a mulher. "Quer dormir com os macacos?"

"Com os pássaros", disse a menina. "Quero."

"Eles perderam seu habitat", comentou a mulher, "e eu também. La Specola", disse ela à turista. "É assim que chamam este museu."

"Significa... *o espelho*?", perguntou a turista. Sentiu que a mão solta estava sensível e fria. Pegou-a com a outra mão e a segurou como um pássaro ferido.

"*O observatório*", disse a mulher. Gesticulou para o céu. "Havia um ali. No alto. O elefante é uma mulher. Impossível esquecê-la."

"Como é que é?", perguntou a turista.

"Eles só têm o esqueleto. O nome dela é Hansken. Ela nasceu no Ceilão. Rembrandt a conheceu. Conheceu e desenhou. Ela foi treinada, a nossa Hansken, sabia usar a espada e fazer uns truques. Elefante-asiático. Orelhas pequenas, essa é a diferença. Eles perderam a pele dela, por isso exibem os ossos. Ela viajou pelo mundo. Parece impossível, não é, uma criatura tão grande e pesada vir do Ceilão para a Holanda, da Holanda para a Itália."

O Ceilão correspondia a que lugar atualmente? A turista ficou envergonhada por ter esquecido. Elefante-asiático: era algum lugar na Ásia. Ela olhou para a mulher e para a menina, tentando encontrar uma semelhança ou parentesco, e começou a se preocupar.

"Quem é você?", perguntou ela à mulher.

"Me chame de Hansken."

"Ela é sua neta."

"É o que você pensa?", respondeu a mulher, achando graça. "Venha."

Saíram da sala e entraram num corredor comprido. As portas ali estavam enfeitadas com cordas de veludo, bloqueando a passagem, mas atrás das cordas estavam os modelos de cera. Numa caixa de vidro, ela conseguiu ver uma mulher de cera reclinada, cortada ao meio para exibir as vísceras de cera.

"Olá, amiga", disse a mulher monstruosa, e a turista se voltou para ela, mas a mulher estava falando com um esqueleto humano, atrás de um vidro no corredor. O esqueleto era imenso. Gigante. "Ossos feitos de cera", disse a mulher. "Feitos por Clemente Susini. Um amigo do gigante. Os ossos dele estão numa cripta, e aqui estão os ossos falsos. Quando terminou de fazê-los, o artista ficou tão satisfeito que decidiu assinar a obra, mas num lugar que ninguém veria. Então, assinou o interior do crânio. Às vezes eu me sinto assim."

"Satisfeita?"

"Você entende tudo errado. Eu me sinto como se um homem tivesse assinado o interior do meu crânio." A mulher apoiou a mão estranha numa das cordas de veludo. "Nós podemos, sabe. Podemos..."

"Não, obrigada", respondeu a turista.

"Pular por cima."

"Não", repetiu a turista, embora sinceramente sempre tivesse vontade de se comportar mal num museu. Tocar os úberes da loba, lamber os pés descalços da Vênus. Isso era mau comportamento? Ela ainda achava, esperava, que a mulher trabalhasse ali.

"Você, então", disse a mulher para a menina, que balançou a cabeça. "Não? Você é boa demais."

"Você, então", disse a turista.

"Ah, não", respondeu a mulher. "Eu não posso arriscar. Porque não sou boa. Querida", disse ela para a menininha, "acho que é hora de você ir para casa."

A turista estava em sintonia com o perigo havia semanas. Ela era turista, afinal de contas, ingênua e bocó, o que importava se fosse enganada? Não faria mal a nada além de seu orgulho, mas o orgulho era o que de mais importante havia trazido de casa. Não podia confiar em ninguém. Agora ela lembrava. Estaria presenciando um sequestro? Uma tentativa de sequestro, se ela interviesse. O que era pior, ver uma criança ser levada por uma estranha ou acusar uma estranha dessa intenção indizível? Ela sabia a resposta, mas também sabia o que preferia fazer.

"Ela morreu em Florença", disse a mulher. "A Hansken. Ela foi esfolada nos Jardins de Boboli. E agora o esqueleto está aqui. É isso que acontece quando você viaja. Seus ossos podem acabar em qualquer lugar. Seus próprios ossos. Temos que ir. Vamos", disse ela para a menina.

"De quem é essa criança?", perguntou a turista.

A mulher bagunçou o cabelo da menina. Então pegou a mão dela. Um sinal, ah, que bom, elas eram parentes. Mas, até aí, a criança também havia pegado a mão da turista. "De quem, não é mesmo?", respondeu a mulher. "Você vem com a gente? Pode vir, sabe."

Então as luzes se apagaram no longo corredor, uma de cada vez, e, daquela forma, não parecia uma catástrofe, mas sim que o museu caía no sono aos poucos. Nada tão terrível a ponto de apressá-las. Mesmo assim, quando chegaram ao saguão, a jovem do balcão não estava mais lá e as portas estavam trancadas por fora. Elas foram esquecidas.

"Por que está abanando a mão?", perguntou a mulher à turista.

"Detectores de movimento."

"Nem todo lugar tem as coisas que você acredita serem necessárias. Na maior parte do tempo", disse a mulher, inclinando-se para trás, "não sou o gigante. Na maior parte do tempo, sou o elefante. Você entende."

Uma imigrante involuntária, forçada a ficar junto do local onde fora esfolada. Uma história conhecida.

Os ombros da menina haviam inflado no escuro, como era típico de sua espécie. O vidro da porta fazia com que se sentissem tão empalhadas quanto os animais, desgrenhadas, comidas pelas traças, com olhos artificiais.

"Está tudo bem, bonita", disse a mulher à turista, à menina ou às duas. "Podemos ficar por aqui por um longo tempo."

BERNICE L. MCFADDEN

BERNICE L. MCFADDEN é autora de nove romances aclamados pela crítica, incluindo *Sugar, Gathering of Waters* (Escolha do *Editor na New York Times Book Review* e um dos 100 Livros Notáveis de 2012), *Glorious, The Book of Harlan* (vencedor de um American Book Award em 2017 e do NAACP Image Award for Outstanding Literary Work na categoria Ficção) e *Praise Song for the Butterflies*. Foi quatro vezes finalista do Hurston/Wright Legacy Award.

UAN S/A

Andrew ia para o terceiro mês desempregado quando se sentou ao computador e abriu sua caixa de entrada no LinkedIn. Tinha recebido a resposta a um contato feito quatro dias após seu amigo-que-virou-gerente levá-lo a uma sala de reuniões repleta de sol, cheirando a colônia e ao leve resquício de perfume deixado por um grupo de advogados que desocupara o espaço depois de uma reunião de cinco horas.

"Desculpa, cara", Colin Perkins dissera. Os olhos de Andrew deslizaram para a mesa de vidro, pousando na bandeja de prata que continha uma montanha de *bagels*. Imaginou que agora deviam estar velhos, depois de ficarem ali descobertos ao ar gelado do escritório.

Alguém havia cravado a ponta de uma faca de plástico branca num pote aberto de cream cheese sabor cebolinha e *jalapeño*. Parecia a aterrissagem na Lua: só faltava uma minúscula bandeira norte-americana. Uma risada subiu penosamente pela garganta, mas ele cobriu a boca com a mão e a disfarçou com uma tossida.

"Eu te disse", continuou Colin, passando as mãos no *black power* bem cuidado, "que o último a ser contratado seria o primeiro a sair."

Um mês antes, dezessete mulheres e dois homens haviam acusado o CEO da empresa de assédio sexual. A notícia fez as ações despencarem. As demissões vieram em seguida. Andrew testemunhou dezenas de funcionários sendo escoltados para fora pelos seguranças do prédio como criminosos. Agora era a vez dele.

Andrew assentiu, pousou a mão reconfortante no ombro de Colin e o apertou. O algodão da camisa estava frio debaixo da palma da mão. "Tudo bem, cara, eu entendo. Não esquenta."

Tinha passado aquela primeira semana atualizando o currículo, ligando para amigos e antigos colegas, pessoas que talvez soubessem de uma oportunidade de emprego na empresa em que trabalhavam ou em outro lugar. Nunca havia feito perfil no LinkedIn, mas se dedicou a criar um. Para economizar um pouco do dinheiro que tinha guardado, Andrew largou a academia e voltou a beber água da torneira, em vez da Evian, que adorava. Desistiu do café da Starbucks e do *cabernet sauvignon* caro que comprava em caixas.

Na terceira semana, já passava o dia no sofá, de meias e cueca boxer. Tinha parado de abrir as persianas e só saía para tirar o lixo. Gastava as horas jogando videogame e vendo Netflix e Pornhub. Muitas vezes, passava dias sem escovar os dentes.

Quando a mãe ligou para ver como ele estava, Andrew mentiu, dizendo que tinha várias entrevistas agendadas. Quando seu pai levou o telefone a outro quarto para perguntar se ele precisava de dinheiro, Andrew garantiu que estava financeiramente bem, mas não estava. Tinha decidido que venderia seu Shelby Mustang antes de aceitar um centavo dos pais. Era uma grande decisão, porque ele amava aquele carro mais do que amara qualquer mulher.

No dia em que abriu o e-mail, o pânico tinha acabado de começar. Ele o sentia rastejando ao longo da nuca com passos rápidos de lagarta.

De: UAN S/A
Para: Andrew Jamison

Caro sr. Jamison,
Consideramos seu currículo muito interessante e acreditamos
que você seria o complemento perfeito para nosso time de dinâmi-
ca de Relacionamento.
TREINAMENTO PAGO!
Benefícios para você, cônjuge e/ou filhos após 90 dias!
Grande chance de crescer na empresa!
Incríveis oportunidades de receber horas extras e bônus excelentes!
Se você adora ajudar os outros, vai adorar trabalhar na UAN S/A.
A UAN S/A *quer falar com você agora! Para marcar uma entrevis-*
ta, mande uma mensagem de texto para UAN51893.

"Relacionamento" era só um jeito chique de dizer "atendimento ao cliente". Bom, esse era seu conjunto de habilidades. Andrew era especialista em ajudar as pessoas.

Mandou uma mensagem e recebeu uma resposta instantânea que o fez ligar para um número de telefone e digitar o código especial: 1032.

A voz do atendimento eletrônico ofereceu duas datas para a entrevista. Ele foi instruído a teclar 1 para a primeira data e 2 para a segunda. A voz mecânica disse que ele receberia um telefonema avisando-o de onde a entrevista aconteceria.

Parecia tudo muito clandestino. Andrew estava desconfiado, mas o desespero superava o ceticismo.

No dia seguinte, recebeu o telefonema de uma mulher com sotaque sulista... Georgia, Alabama, Texas? Não conseguia identificar de onde ela era, mas aquela voz evocou imagens de chá sendo adoçado e vaga-lumes. Ela pediu o nome completo de Andrew e o código que recebera pelo celular. Houve uma pausa, dois cliques, e depois a voz melosa perguntou se ele tinha uma caneta à mão. Tinha. Depois que passou o endereço, desejou boa sorte. Houve mais alguns cliques e, em seguida, a linha ficou muda.

Ele entrou no saguão do prédio comercial de quarenta andares e ficou impressionado com aquela opulência contemporânea. Piso de mármore, vasos com palmeiras que chegavam a 2,5 metros de altura, sofás de couro branco e um lustroso balcão de recepção vermelho-Louboutin.

Andrew apresentou o documento de identidade ao segurança e recebeu um crachá, que prendeu na lapela do paletó cinza. O mandaram ao 18º andar.

Enquanto esperava pelo elevador, leu os nomes das empresas listadas numa placa na parede. A UAN S/A não estava em lugar nenhum.

Fez uma careta, encolheu os ombros e entrou no elevador. No 18º andar, logo à frente da porta do elevador, havia uma folha de papel pautado colada de qualquer jeito na parede. Rabiscado nela com caneta marcador preta estavam as palavras: UAN S/A POR ALI. Abaixo havia uma seta.

Ele seguiu pelo corredor. Um homem cor de cedro e tão alto quanto um jogador da NBA passou rapidamente por ele, resmungando consigo mesmo. Andrew achou que o sujeito parecia atordoado, como se tivesse acabado de receber a notícia da morte de um ente querido.

"Bom dia", murmurou Andrew.

O homem virou os olhos arregalados para ele. Abriu a boca e murmurou alguma coisa que Andrew pensou não ter ouvido corretamente. As portas do elevador se abriram assim que Andrew se aproximou e perguntou: "Hã, desculpa, cara, mas você disse 'fuja'?".

O homem entrou no elevador, encostou a coluna à parede dos fundos e fixou os olhos nos números de vidro acima das portas, que se fecharam.

Andrew ficou piscando para o próprio reflexo nas portas cromadas do elevador. Em seguida, encolheu os ombros e continuou pelo corredor, onde encontrou um segundo cartaz escrito à mão, mandando que virasse à esquerda depois do banheiro feminino. Ele seguiu por um canto e se viu diante de onze homens sentados em cadeiras dobráveis. Todos ergueram o olhar de seus iPhones e Androids. Andrew os cumprimentou balançando a cabeça e se dirigiu à loira sorridente sentada atrás de uma mesa de metal.

"Bom dia", disse ela, sorrindo. "Nome?"

"Andrew Jamison."

"Ok, sr. Jamison, por favor, sente-se. A sra. Americus vai falar com o senhor daqui a pouco."

Ele inspecionou os outros candidatos. Eram todos negros, exceto pelo único branco de coque que foi chamado assim que Andrew se sentou. O do coque não passou muito tempo lá dentro. Em menos de cinco minutos, de rosto vermelho e resmungando, ele cruzou a sala de espera e sumiu de vista.

Andrew cerrou a mandíbula e fez contato visual com outro homem do outro lado da sala. Imaginou que a inquietação nos olhos dele espelhava sua própria dúvida.

"Andrew Jamison, a sra. Americus vai recebê-lo agora. É só entrar por ali."

A porta levava a um grande escritório cheio de cubículos e mesas, mulheres datilografando em máquinas de escrever ou murmurando nos bocais de...

Andrew diminuiu o passo.

Aquilo ali são telefones de disco e, peraí, máquinas de escrever?

Enquanto Andrew olhava, um homem grande de bigode igualmente largo apareceu diante dele. Andrew olhou para cima e rapidamente desviou o olhar da pálpebra esquerda do sujeito musculoso, que pesava com um terçol do tamanho de uma moeda de dez centavos.

"Ali", bufou o homem, apontando o dedo gorducho para uma porta fechada a menos de um metro e meio de onde estavam.

O escritório era pequeno como uma despensa. E escuro.

A única janela na parede do lado esquerdo dava para uma área sombreada nos fundos de uma loja de departamentos. Arquivos de metal circundavam as paredes; algumas gavetas abertas, revelando pastas de papel pardo lotadas de documentos. Ele pôde ver, mesmo na escuridão densa da sala, uma camada de poeira sobre os armários. Penduradas nas paredes havia pelo menos vinte fotos emolduradas, todas de pessoas negras.

O ar estava tomado por um cheiro de fumaça de cigarro.

Andrew se lembrou das pessoas fumando às mesas no escritório quando, ainda jovem, foi visitar a mãe no trabalho. Certa vez, num voo para Detroit com a avó, ele ficou nos fundos do avião, esperando para usar o banheiro, e se viu engolido por uma nuvem de fumaça que saía dos cigarros de três passageiros.

Não conseguia se lembrar do ano exato em que cidades por todo o país tinham começado a proibir o fumo em bares e restaurantes, mas sabia muito bem que os fumantes precisavam ficar a pelo menos 120 metros da entrada de qualquer prédio se quisessem acender um cigarro.

Mas ali estava aquela mulher, fumando como se estivesse em 1975. Andrew olhou para o maço quase vazio de Winston e depois para ela. Era robusta — o tipo de mulher gorducha com bochechas moles e grandes olhos azuis. Os cabelos loiros clareados pelo sol esvoaçavam em torno do rosto — estilo que ficara famoso por causa da Farrah Fawcett, ícone dos anos 1980. Os lábios estavam besuntados de batom cor de laranja. A mesma cor contornava os filtros de uma dúzia de bitucas de Winston, apagadas havia muito tempo e empilhadas no cinzeiro preto de cerâmica. Andrew pensou: *Se ela queria ficar com cara de palhaça acertou em cheio!*

Anéis ornamentados brilhavam em sete de dez dedos da mulher, a corrente de ouro *rosé* que usava em volta do pescoço descia pelo peito e desaparecia no decote. Ela aparentava ter cinquenta e poucos anos.

"Bom dia, sr. Jamison. Por favor, sente-se." Seus olhos continuaram colados na folha de papel que segurava nas mãos. Andrew imaginou que fosse o currículo dele.

Ele sentou-se.

"Você se formou na Universidade Brown?"

"S-sim, isso mesmo. Eu me formei *summa cum laude* em 1990."

A mesa estava cheia de recortes de jornais; pilhas de papéis envelhecidos e amarelados e revistas de moda datadas. As sobrancelhas de Andrew se ergueram. Aquela era Marcia de *A Família Sol-Lá-Si-Dó*, da comédia dos anos 1970, na capa da revista *Glamour*?

Andrew riu em silêncio. Aquilo só podia ser uma piada muito elaborada. Alguém estava lhe pregando uma peça. Seus olhos percorreram o escritório em busca de uma câmera escondida.

"Impressionante", disse ela finalmente, olhando-o nos olhos. "Tem esposa?"

"D-desculpe, o quê?"

"O senhor é casado, sr. Jamison?"

"Não, não sou."

Ela vasculhou o rosto dele. "O senhor é gay?"

Andrew se irritou. "Sra. Americus, acho que é contra a lei a senhora me fazer essa pergunta."

Ela riu com desdém.

"É só responder sim ou não, sr. Jamison. Sei que não é comum, mas, acredite, para essa função eu preciso saber."

Ele precisava pagar o aluguel no dia seguinte e mais uma vez dentro de trinta dias. Suas economias estavam diminuindo. "Não, não sou gay."

"O senhor tem filhos?"

"Tenho uma filha, ela tem 22 anos."

"Tem um bom relacionamento com sua filha? Com a mãe dela?"

"Tenho."

A sra. Americus olhou para o currículo. "Que bom." Ela pegou o cigarro e o levou aos lábios. "E de acordo com seu cadastro, o senhor nunca foi preso. Isso é verdade?"

"É."

"Bom, nós vamos fazer uma verificação de antecedentes."

"Entendo."

"O senhor tem algum hábito ruim? Usa narcóticos?"

"Não, senhora."

"Alguma... hum... atividade recreativa indesejável?"

"Indesejável?"

"Pornografia? Bom, não só pornografia. Pornografia infantil."

O queixo de Andrew caiu.

"Não estou julgando, sr. Jamison. Mais uma vez, só preciso saber."

"Não, eu não vejo pornografia infantil", rosnou Andrew.

"Que bom!", exclamou ela, tamborilando com os dedos na mesa. "Deixe-me explicar as especificidades do trabalho..."

Alguns rostos por trás das molduras de vidro pareciam familiares. Mais uma vez, Andrew se viu estreitando os olhos para enxergar melhor. Aquela era Omarosa? Ele se inclinou para a frente na cadeira.

A sra. Americus parou de falar e acompanhou o olhar dele. "Hum, é", disse ela. "Essa pessoa é quem você está pensando. Foi um ponto alto de nosso recrutamento."

Andrew engoliu em seco.

A sra. Americus apagou o cigarro e entrelaçou os dedos debaixo do queixo. "Alguns de nossos contatos trabalham diretamente com agências governamentais. É uma espécie de promoção. É claro que, antes de ser transferido para a casa grande — quero dizer, a Casa Branca —, você precisa provar seu valor no campo." Ela deu uma risadinha. "*No campo*. Entendeu? Tem duplo sentido."

A boca de Andrew ficou seca.

Ela se virou na cadeira e apontou para a fotografia de um par de mulheres de meia-idade de pé, ombro com ombro, cada uma segurando um boné vermelho da campanha *Make America Great Again*.[1] "Essas senhoras são Diamond e Silk. O senhor as conhece?"

Andrew se levantou da cadeira de repente. Por um momento, achou que seus joelhos cederiam. "O que significa UAN?"

A sra. Americus pegou o maço de cigarros. "UAN significa Um Amigo Negro."

"Um Amigo Negro?"

"É. Sabe, nestes tempos conturbados, em que tantas pessoas rotulam os brancos como racistas, precisamos que os negros nos defendam — que deem uma força, como sua gente gosta de dizer. Às vezes, sr. Jamison, uma pessoa branca boa e temente a Deus pode ser acusada de um crime ou algum outro ataque perpetrado contra uma pessoa de cor, e, quando o acusado não tem uma pessoa de cor em seu círculo, causa má impressão. O público pode ver essa pessoa como racista, simplesmente porque o círculo dela é... branco. Branquelo.

"E isso é errado. Não ter amigos negros não faz uma pessoa branca ser automaticamente racista. Por isso", ela balançou a mão, "é aí que entra a UAN. Nós fornecemos o amigo negro. Esse amigo negro gera dúvida e, na maior parte das vezes, a dúvida diminui uma grande porcentagem do impacto negativo que nossos clientes possam enfrentar."

---

1   "Make America Great Again" é um slogan usado em campanhas presidenciais norte--americanas, cuja conotação também pode ser considerada racista. Ronald Reagan o adotou em 1980 e Donald Trump voltou a popularizá-lo em 2016. [NT]

Andrew ficou só olhando.

"Ah, sr. Jamison, não fique tão chocado. Essa prática existe há séculos." Ela apontou para a parede mais distante, perto da janela. "Está vendo aquele cara ali? Na verdade, ele foi a inspiração desta empresa."

Andrew olhou para a foto. "Quem é?"

"Joe Oliver."

"Joe Oliver?"

"É, Joe Oliver. Não se lembra dele? Joe Oliver, o amigo negro de George Zimmerman." A sra. Americus levou uma caneca preta de cerâmica aos lábios e tomou um gole. O decalque vermelho na lateral da caneca dizia: LÁGRIMAS DE NEGRO.

O estômago de Andrew revirou, o suor escorrendo pela testa. "Isso é uma piada, né?"

"Ah, garanto ao senhor que não é piada e estou falando a verdade. A verdade nua e crua. É assim que diz o ditado? A verdade nua e crua?"

Andrew foi em direção à porta.

"Espere, sr. Jamison. Olhe isto." Ela apontou para uma foto pendurada acima dos arquivos. "Este é outro contato nosso. Depois que começou a trabalhar para nós, ele pagou os empréstimos estudantis, e fiquei sabendo que acabou de comprar um Cadillac."

Andrew seguiu o dedo indicador dela até a foto de um negro sorridente segurando uma placa de *Negros com Trump* acima da cabeça como um troféu.

"Vamos falar do salário?"

As luzes piscaram.

Ele pensou: *Talvez eu ainda esteja dormindo. Talvez seja um pesadelo.*

"Andrew? Dá para ver que você está com dificuldade para processar tudo. Mas, na verdade, não é tão incomum quanto você imagina. Vivemos nos Estados Unidos da América, este é um país capitalista, e nós monetizamos tudo. *Tudo.*"

Andrew não conseguia se lembrar de pegar na maçaneta, mas de repente estava cambaleando pela sala de espera.

Os outros candidatos olharam para ele, inquietos.

Ele fugiu pelo corredor, virou na primeira saída e depois na seguinte. Um homem franzino cor de leite com mel saiu do elevador. Usava camisa amarela com gravata-borboleta vermelha. A barra da calça social azul-escura estava alta só o suficiente para oferecer um vislumbre das meias xadrez laranja e azul-marinho.

Com a aproximação frenética de Andrew, o estranho assustado saiu rapidamente do caminho. Andrew não fez contato visual. Apertou o botão do elevador até as portas se abrirem.

Semanas depois, Andrew estava num restaurante de parada de caminhões com o garfo pousado no prato de ovos mexidos e carne enlatada.

Na televisão da parede, sintonizada na Fox News, a âncora informava que mais um jovem negro havia sido morto a tiros por um justiceiro, outro bom samaritano, chamado Christopher Parks.

Christopher Parks estava voltando para casa de seu trabalho como lixeiro quando viu o jovem Daniel Latham sentado numa loja Starbucks, cochilando sobre os livros de Direito. Parks entrou no estabelecimento, acordou Latham com cutucadas no ombro e perguntou se ele morava na região. Segundo testemunhas oculares, Latham respondeu que sim, morava naquele bairro. Parks exigiu ver o documento de identidade de Latham, que reagiu com uma risada. O estudante de Direito reuniu seus pertences e se levantou para sair — de modo um tanto ameaçador, afirmou uma testemunha ocular.

Foi quando Christopher Parks sacou a arma e atirou. O atordoado Latham, ainda rindo, desabou na cadeira e apertou a área do coração com a mão. Foi só quando viu o sangue que o sorriso sumiu de seus lábios e ele começou a chorar.

A polícia foi chamada, mas não uma ambulância. Bom, não logo.

Os policiais algemaram Latham à cadeira e levaram Parks à delegacia para interrogá-lo. A mulher atrás do balcão cumprimentou Parks com um "toca aqui" e um Caffè Mocha grande para viagem.

Quando a ambulância chegou, Daniel Latham estava morto, e sangrou por cima de toda a matéria que estudava para a última prova. Nos dias seguintes, revelou-se que Daniel Latham tinha vários tíquetes de estacionamento não pagos e fora multado três vezes por não ter recolhido as fezes de seu cachorro. Não só isso — ele também era budista praticante e apoiava o direito de escolha das mulheres.

Uma busca no apartamento de Latham revelou uma cópia bem desgastada da *Autobiografia de Malcolm X*, de Alex Haley, que estava na mesa de cabeceira ao lado de *Decoded*, de Jay-Z. Essa descoberta foi mais uma prova de que Latham não era nenhum anjo.

Laura Ingraham olhou diretamente para a câmera e disse aos espectadores que Christopher Parks era um herói, um homem educado e articulado que fora criado pelo pai depois que a mãe morreu de câncer de mama quando ele tinha apenas três anos. Sim, quando criança, Christopher havia sido suspenso da escola por brigar e, quando jovem, tinha espancado uma namorada com um cano. Mais tarde, com trinta e poucos anos, ele ameaçou castrar o próprio chefe — um negro com idade para ser seu avô. Todo esse comportamento, disse Laura Ingraham, estava diretamente ligado ao trauma de perder a mãe em tão tenra idade.

Ela parou e, naquele momento, todo o seu rosto pulsou de empatia. "Dito isso", continuou, "Al Sharpton e a organização terrorista Black Lives Matter rotularam Christopher Parks de racista e estão pedindo sua prisão." Ela balançou a cabeça e riu. "Hoje cedo, tive o prazer de conversar com o melhor amigo de longa data de Christopher, Andrew Jamison..."

Andrew abaixou o garfo, pegou os óculos escuros e os colocou no rosto.

AIMEE BENDER

AIMEE BENDER é autora de cinco livros, incluindo *The Girl in the Flammable Skirt*, um dos Livros Notáveis do *New York Times*, e *A Peculiar Tristeza Guardada num Bolo de Limão*, premiado no SCIBA Book Awards. Seus contos foram publicados nas revistas *Granta*, *Harper's*, *The Paris Review* e outras, e ouvidos nos programas de rádio *This American Life* e *Selected Shorts*. Ela mora em Los Angeles e é professora de escrita criativa na Universidade do Sul da Califórnia.

CIDADE EM CHAMAS

Fazia onze meses que não chovia. Previram o El Niño, depois previram uma frente de pressão do leste, mas as duas coisas tinham mudado de rumo de modo que, em algum lugar no meio do oceano, a água caíra na água.

Com isso, Los Angeles estava crepitando, e mais uma vez os incêndios florestais aconteciam em sequência. Como o ano anterior fora chuvoso, a folhagem havia crescido, secado e por fim se enrugado tornando-se o mais perfeito material inflamável.

Então, quando ela entrou no meu escritório, não era uma noite chuvosa, como fora muitas décadas antes, época em que meus antecessores tinham escritórios em Hollywood, como escolhi ter o meu, embora este, por necessidade, se localizasse no subsolo do edifício cilíndrico da Capitol Records. O ar estava espesso e quente, e havia mais um incêndio florestal causado por um incendiário perto de Mount Wilson e a área ao redor do Telescópio Hubble acabou sendo evacuada. O céu estava cinza, com um toque de marrom. Era agourento, sim, mas agora para o mundo inteiro.

E, apesar do apocalipse sempre iminente, ainda tenho que pagar as contas. As contas continuam existindo. Por enquanto, a cidade resiste. Facilitei as coisas para mim ao máximo: o escritório de subsolo no prédio da Capitol Records tem um aluguel quase irrisório, por isso é também meu apartamento, já que o trabalho de detetive particular não tem aparecido com regularidade suficiente para pagar aluguel num lugar mais central. Só em Hollywood um apartamento de um quarto sai por no mínimo 1500 dólares. Tomo banho na academia e durmo no sofá-cama no canto do escritório. A segurança também fica aqui embaixo, a algumas portas de distância, então me sinto segura. Ainda assim, o trabalho é fundamental, e o trabalho é escasso, e, quando ela chegou, vestia-se de modo que sugeria riqueza, roupas cuja única função era telegrafar a gastança de dinheiro. Ficavam bem nela, mas não mais do que roupas similares mais baratas. Também tinham um cheiro — não perfume, mas quase — de recibo, o aroma fraco e residual de impressão das máquinas de cartão de crédito.

Ela se acomodou ricamente na única cadeira que tenho, reservada para os clientes. Couro, damasco, encosto confortável. Eu me empoleirei num banquinho atrás da mesa, que comprei usado na Out of the Closet, no Santa Monica Boulevard, por sete dólares.

"Melanie me deu seu contato", disse tirando um tubo cinza da bolsa. Começou a fumar o cigarro eletrônico. "Posso?"

"É claro. Melanie é maravilhosa", respondi.

"Frequentamos a mesma aula de *spinning*."

"Ela é minha prima", confessei.

Ela soltou um fio de vapor no ar. "Bom, estou aqui por causa do gato."

"Seu gato?"

"O gato sumiu." Ela sorriu para mim.

"A maioria das pessoas não fala assim dos seus animais de estimação", eu disse.

Ela assentiu, batendo uma unha no cigarro. "Você é atenta", disse ela. "Que bom. Muito bom. E tem razão, é claro. Na verdade, não se trata do meu gato."

"Então, por que você está aqui?"

"Porque o gato estava com meu colega de quarto, e sumiram juntos."

Olhei para ela, pensando. Ela soltou outro fio de vapor que subiu até o teto baixo, salpicado de manchas marrons de umidade.

"Você conta que seu colega de quarto se perdeu relacionando-o — é um homem? — ao gato, que também se perdeu?"

"Na verdade, é meu marido." Seus olhos se estreitaram e ela conteve o sorriso, que ficava mais frio e afiado a cada minuto.

"Ele é seu marido", eu disse. "Mas você o chama de colega de quarto."

"Eu me interesso por terminologia", respondeu, inclinando-se para a frente. "E por perífrases."

"É, percebi."

"Você pode encontrá-lo?"

"Seu marido?"

"Hmm."

"Posso tentar, claro."

"Por favor", disse. "Dinheiro não é problema. E não preciso que você o traga para casa, ok? Só preciso que o encontre. Eu assumo a partir daí."

Ela se levantou, e suas calças voltaram ao lugar na mesma hora, ajustando-se imediatamente à sua postura.

"Qual é o nome dele?"

Ela me entregou um cartão com fundo azul-celeste e seu nome impresso em branco, Chelsea DeVeau, e disse que o resto era comigo.

Antes de começar a pesquisar sobre o homem, onde ele trabalhava e onde ela morava, e a consultar os vários bancos de dados pelos quais eu pago para ter acesso a esse tipo de informação, fui me sentar na cadeira de couro cor de damasco para pensar no que tinha acabado de acontecer. Uma mulher havia entrado pela porta com a informação de que o marido tinha desaparecido, mas a escondeu de mim duas vezes, uma por meio do gato e outra com o colega de quarto, embora tudo que ela tenha dito seja verdade: ele tinha um gato e era, de certo modo, seu colega de quarto. Ela havia gostado de me conduzir e de me surpreender, e de passar quase ilesa pelo processo, mas deixou a ouvinte, eu, com uma sensação que poderia chamar de irritação persistente. A única coisa especificamente minha que trago para o trabalho, além das habilidades de investigação, é minha sólida noção de certo e errado. Ou seja, tenho dentro de mim uma medida que não será manipulada. Minha mãe sempre a chamava de *minha preciosa Estrelinha-Guia*, porque a irritava, mas eu nunca me importei que se irritasse. Simples assim, e talvez também fosse óbvio para você: a mulher era linda e apresentou seus volteios como inteligentes, até encantadores, para me contar as informações à sua maneira indireta, e gostei de olhar para ela, de falar com ela, mas o que mais senti foi perturbação por uma mulher tão profundamente desligada do marido que primeiro o transformou em gato e depois em colega de quarto. Isso me incomodou. O que se apresenta como belo pode às vezes — muitas vezes — ser uma manobra para ganhar acesso a outra coisa. É por isso que muitas vezes é um pesadelo sentir atração por alguém, e é por isso que tenho como regra ir pelo menos uma vez por semana ao Jorge's, na Vine Street, e faço questão de flertar com alguém que eu não ache atraente, que não acenda meu fogo, que pareça totalmente comum, que pode até ser bonito, mas não de um jeito que eu ache interessante. Assim, conheci várias pessoas fantásticas que não deixaram marcas e que, para minha surpresa, eram maravilhosas na cama! Fiquei com uma delas por muitos meses, mas terminamos principalmente porque eu trabalho melhor solteira e, além do mais, ele ia se mudar para o Alasca.

O marido, o sr. Harris DeVeau, trabalhava numa empresa que facilitava o encontro de contatos globais de tecnologia ou alguma coisa assim, impossível de entender, e vivia entre dois escritórios, um em Santa Monica e outro no centro de Los Angeles, perto do tribunal. Liguei para o escritório no centro da cidade e, quando pedi para falar com ele, ouvi que não estava lá naquele dia, e, quando perguntei se ele tinha sido visto no dia anterior, a secretária disse que sim, tinha, e eu era o quê, detetive particular? Ela estava mascando chiclete. Eu ri. Os *millennials* são muito desajeitados ao telefone. Se ele tivesse saído do trabalho às cinco da tarde de ontem, era lá que eu começaria, e decidi pegar o ônibus para o escritório que ficava no centro porque descobri que as viagens de ônibus em Los Angeles oferecem *insights* inesperados que uma viagem de carro nunca dá, porque a gente se concentra num podcast ou rádio de notícias ou música ou qualquer que seja sua escolha de entretenimento para bloquear a existência do mundo exterior. Eu também procurava uma sensação de solidariedade civil durante os incêndios. Comentar sobre o cheiro de fumaça, o balançar de cabeças coletivo. O ônibus número 2 me levaria à Sunset Boulevard onde ela virava a Cesar Chavez e depois pela 1st Street, perto do escritório. Bati meu relógio de ponto, uma relíquia, um cumprimento aos mais velhos, e saí em busca do sr. DeVeau.

A viagem de ônibus foi monótona, a não ser pela troca de alguns comentários gratificantes sobre o tempo, a criança que não parava de jogar videogames e levou uma bronca da avó, e os quatro homens de jaleco falando sobre técnicas de massagem, o que achei reconfortante.

No escritório, a *millennial* estava se preparando para ir embora.
"Estou procurando o sr. DeVeau", disse.
Ela olhou para mim estreitando os olhos. "Foi você que ligou mais cedo?"
"Não."
"Estou reconhecendo sua voz."
"Ele veio aqui hoje?"
"Não", respondeu. "Você *é* detetive particular, né?" Ela sorriu para mim.
"Ou", respondi, "*outras coisas* particulares", e sorrimos uma para a outra no que só poderia ser chamado de flerte. "Escuta, qualquer pista que você pudesse me dar seria ótimo. Eu te pago uma bebida. Lá embaixo?"
Ela olhou para mim, me avaliou de alguma forma e depois assentiu.
Descemos para o Freeway Grill, atualmente famoso por seus pratos feitos de faróis antigos, e ela pediu uma cerveja *pale ale*, e eu um uísque, com gelo, para preservar a imagem. A millennial disse que ele não tinha ido naquele dia, e estava aflito quando foi embora no dia anterior. "Não do jeito estressado de sempre", contou, entre goles de cerveja. Estava tão linda, tão corada e inesperadamente adorável à iluminação do bar, uma lâmpada acima formando um halo dourado na cabeça. Perguntei o que ela queria ser de verdade, e ela disse que estava montando uma loja de joias artesanais no Etsy e que eu ficaria bem com uns brincos de argola. "São pequenos", acrescentou com naturalidade.

"Em todo caso, ele está sempre estressado, mas é tipo um estresse frenético, e desta vez ficou na dele, num estresse particular silencioso, aí foi embora."

"Ele mencionou um gato?"

Ela balançou a cabeça. "Não. Nada de gato. O Chewie sumiu?"

"Não posso revelar os detalhes do caso", respondi.

"Bom, eu vou estar por aqui amanhã." Ela pediu outra cerveja. Mordi o gelo do uísque.

"Vamos pra cama?", perguntei, e ela disse que sim, que era uma boa ideia, e eu a acompanhei até em casa.

Saí de lá às onze da noite, depois de uma boa diversão, e disse que provavelmente a veria em breve. Ela perguntou, debaixo do edredom com estampa floral, o cabelo todo esparramado pelo travesseiro, se deveria guardar segredo, mas não acredito nesse tipo de coisa a menos que seja absolutamente necessário, então respondi que não. Ela perguntou se eu precisava de uma secretária, bocejando, pronta para adormecer, e eu disse que não; a empresa não era grande, mas com certeza eu ia querer dar uma olhada naqueles brincos de argola um dia desses.

"Ficariam bem em você", disse ela, os olhos se fechando.

A viagem de ônibus para casa também foi tranquila, a não ser pelo homem gritando para o motorista parar num ponto que não era ponto, e o motorista continuando a dirigir estoicamente. Embora os jornais dissessem que os incêndios estavam controlados, o ar continuava cheirando a fumaça, mas todos pareciam cansados e fartos e ninguém tocava no assunto.

Em casa, depois de acenar para os seguranças recostados em suas cadeiras e olhando as imagens monitoradas no computador, preparei chá de hortelã na chaleira. Por que DeVeau estava aflito? Bebi e pensei, ajustei o despertador para as cinco da manhã, para voltar ao escritório ou visitar a casa dele, mas, quando o alarme tocou, me virei de lado e dormi por mais quatro horas.

O que foi bom, na verdade, porque a mulher, a esposa, bateu na minha porta às dez, depois de eu ter tomado banho e me vestido e estar pronta para sair pelo mundo.

"Ouvi dizer que você dormiu com Anna", disse voltando à poltrona damasco.

"Isso é extraordinariamente direto, vindo de você", respondi.

Ela sorriu para mim. "Ouvi ao telefone."

"Você estava ouvindo um telefonema alheio?"

"Ao telefone com a secretária. Hoje de manhã. Ela me contou."

"Você também está dormindo com ela?"

Ela soprou a fumaça no ar. "Isso foi um elogio", respondeu.

Não soube o que quis dizer com isso, já que a mulher era linda e encantadora, mas não tive vontade de perguntar.

"Estou de saída", comentei, pendurando a mochila no ombro. "Tem alguma informação nova?"

Ela retocou o batom, um tom vermelho-escuro, ousado para o verão, e notei seus brincos de argola: grossos, dourados.

"Bom, ele voltou", contou ela.

Eu voltei a me sentar no banco. "Seu colega de quarto?"

"E o gato. Os dois voltaram."

"Aonde tinham ido?"

"Ele disse que foram passar o dia em Santa Barbara para fugir dos incêndios florestais."

"Há muitos incêndios naquela área também."

"Foi o que eu disse a ele."

"E ele levou o gato?"

Ela deu de ombros. "Estou só repetindo o que ouvi."

Peguei uma folha de papel e comecei a somar minhas horas.

"Mas ainda quero saber *por que* ele estava aborrecido", disse a mulher. "Anna me contou que ele estava aflito. Que era diferente do estresse habitual."

"Ah."

"Somos íntimas", afirmou ela, com sorriso afetado.

"Ela é sua filha?", perguntei, tentando avaliar a idade, somando idades possíveis mentalmente.

"Sobrinha", respondeu a sra. DeVeau.

"Que tal se eu falasse com ele? Ele está no trabalho?"

"É claro", respondeu ela. "Ele está sempre no trabalho. Ele é feito de trabalho."

"E você trabalha?", perguntei.

"Não. Prefiro encarnar a época dos meus pais. Não me interessa trabalhar."

Mas seu olhar informava outra coisa — tinha ambição; era tão incandescente em suas pupilas quanto a nicotina em sua corrente sanguínea. Era uma mulher de motivação oculta, mas vivia na época certa, essa de agora, uma época na qual podia se revelar, e isso era confuso. Ela continuava a me confundir.

Marquei uma reunião com o marido para às 13h, apresentando-me como cliente e, quando entrei, acenando para Anna, que abriu um sorriso encantador para mim, eu estava com meu melhor terninho, damasco em homenagem à minha cadeira, e imediatamente expliquei por que estava ali, e que talvez ele estivesse disposto a me dizer qual havia sido a fonte de sua angústia. Garanti que não contaria à mulher exatamente o que ele me dissesse; traduziria os fatos de modo que ela pudesse digerir e que também protegesse a privacidade dele.

Ele bateu as mãos no tampo da mesa, pilhas de papel o emolduravam, e ele olhou para além de mim por um tempo, depois assentiu com a cabeça num gesto quase imperceptível.

"Quando eu era criança, adorava gatos", contou, reclinando-se na cadeira. "Apenas brincava com meu gato. Jet. Um gato preto. Eu passava o dia todo na escola ansioso para correr para casa e ficar com Jet, e ele me conhecia e me amava e dormia na minha cabeça, e um dia ele saiu pela porta dos fundos para explorar o mundo e não voltou para casa. Não acho que Jet deixou de me amar", disse ele, balançando a cabeça. Olhou para a janela, para o horizonte do centro da cidade. "Mas ele nunca voltou.

"O gato que tenho com minha mulher não é amigável, e fiquei aflito naquele dia porque percebi que o gato, Chewie, não me amava, e, de alguma forma, percebi que eu conseguia expandir essa noção às pessoas e entender que ela também não me amava. Levei muito tempo para compreender. Por muitos anos, pensei que fosse só a natureza dela, a personalidade reservada, e que no fundo houvesse amor, só não estava tão à vista, mas agora acho que ela não é capaz de amar, ou então apenas não me ama, e o gato parece verdadeiramente agir como uma extensão dela, porque parece gostar de ficar perto dela, apesar de eu achar que ele também não a ama, nem ela a ele. Então eu o levei para um lugar e o soltei. Queria refazer a experiência que tive com Jet, dar um adeus deliberado a esse gato. Foi um ensaio para o divórcio. Eu o levei para uma região que parecesse agradável para o gato, cheia de ratos. Ele fugiu na mesma hora, e senti que foi minha primeira tentativa de descobrir o próximo passo. Não posso forçá-la a me amar, diz o poeta, e está correto.

"Mas, quando cheguei em casa ontem à noite, o gato estava de volta." Ele olhou para mim e, naquele momento, seus olhos brilharam, marejados. "Estranho, não é? O gato que não nos ama. Ou nos ama de tal modo que não podemos entender seu amor. Talvez ele ame em outro idioma. Lá estava ele, na entrada da casa, maltratado, com pelo arrancado acima do olho e um bigode quebrado, sentado ali se limpando, e me acompanhou mancando quando entrei.

"Minha mulher estava na cozinha. Ela viu o gato, pôs comida e água e cuidou dele de maneira funcional, e até alisou o pelo emaranhado nas costas dele, e entendemos, quando se acomodou, que ele se limparia e alisaria minuciosamente, como só os gatos sabem fazer. Com ou sem amor, éramos um lugar de segurança e sustento. Ela me perguntou aonde eu tinha ido e eu disse que fui a Santa Barbara para fugir dos incêndios."

Atrás dele, um pequeno avião voava logo acima dos arranha-céus.

"Você pode dizer que minha aflição é não perceber que ela me ama, mas ela não vai ouvir. Você pode tentar. Ela não sabe ouvir esse tipo de coisa." Ele se levantou e apoiou as mãos na janela. "Houve um tempo em que podíamos abrir essas janelas, mas depois perceberam que era muito tentador nos momentos de desespero. Eu nunca pularia do prédio, mas ainda assim estou aliviado por terem impedido que a abríssemos."

Ele se voltou para mim. "Anna é minha sobrinha", contou.

"Ela é linda."

"Você a ama?"

"Acabei de conhecê-la", respondi. "Sou mais do tipo independente."

"Seja gentil com ela", disse ele. "Ela é jovem. Não sabe nada da vida."

Peguei o ônibus de volta para casa, e o mesmo grupo de homens de jaleco estava sentado em silêncio, lendo mensagens no celular.

O ar-condicionado no ônibus era barulhento e ineficaz, mas ainda era mais fresco que os escombros dos incêndios, uma fina camada de cinzas sobre a cidade toda.

Para onde as pessoas se mudam depois de terem as casas queimadas? Muitas vão para um novo local, mas algumas reconstroem. São as donas dos terrenos, afinal. Não querem abrir mão deles.

Liguei para a mulher, que disse que viria pessoalmente, e quando chegou contei que o marido estava aflito porque não tinha certeza de que a amava.

Ela escutou, passando a ponta dos dedos pela alça da bolsa.

"Interessante", comentou. "Foi isso mesmo que ele disse?"

"Foi."

"E os incêndios florestais?"

"Era mentira. Ele tentou soltar o gato por aí."

"Hum. Não funcionou, não é? Eu sou o gato?"

"Não sei", respondi. "Você é?"

"Você é o gato?"

Balancei a cabeça, irritada. Pensei em ligar para Anna para nos encontrarmos à noite, mas ela estava muito envolvida com essa família e decidi que, por mais promissora que fosse, eu precisava descartar essa possibilidade.

"O gato é o gato", respondi. "Vou te mandar a conta."

"Cobre a mais." Ela abanou a mão no ar. "Não tenha medo."

"Ok. Obrigada."

"Nas tumbas egípcias", disse ela, fumando, "enterravam bugigangas com os entes queridos como forma de expressar estima."

Olhei para ela, sem saber o que queria dizer.

"Então vou pagar como prometi, mas também comprei isto para você." Ela tirou da bolsa uma pequena caixa de veludo. Dentro havia um par de argolas de ouro, incrustadas com o que pareciam ser diamantes.

"Ah, não posso..."

"É claro que você não está numa tumba." Ela colocou a alça da bolsa de volta ao ombro. "Mas está perto disso, aqui embaixo. Parece um pouco com a morte. Aceite como uma bugiganga. Venda. Ganhe um dinheiro a mais. Por favor."

"Eu..."

"Aceite", disse severa.

"Obrigada."

Ela parou à porta. No corredor, um dos seguranças pedia uma pizza. A mulher ficou ali, parada. Era como se não pudesse sair, e, pela primeira vez desde que a conheci, o medo começou a se mover por baixo de suas feições.

"Sabe", disse ela, "mais alguém desapareceu."

"Quer dizer que há um caso?"

"Fui eu", respondeu ela, animada demais. "Eu."

"Você desapareceu? Mas não está bem aqui?"

Ficamos nos olhando por um tempo, porque a resposta era óbvia. Desde que a conheci, ela não era nada além de uma ausência encarnada.

Ela apoiou um pouco as costas no batente. "Consegue me encontrar?", perguntou.

E não pôde evitar que o flerte transparecesse nos gestos, mas a pergunta era verdadeira. Era a coisa mais verdadeira que ela já havia me perguntado.

Balancei a cabeça e comecei a procurar em meus arquivos os contatos de outras pessoas, psiquiatras, pastores, rabinos, terapeutas, instrutores de meditação, conselheiros metafísicos, filósofos existenciais. Mas, quando olhei para a porta, a mulher tinha desaparecido.

Fui me sentar na cadeira cor de damasco, ainda quente do traseiro dela. A tarde era invisível para mim, mas eu podia sentir que estava lá fora, em toda a cidade. O clima e suas consequências em algum lugar acima. E ela estava lá também, esquivando-se de mim, tentando se perder. Era um jogo. Ela havia embalado uma pergunta verdadeira dentro de outra pergunta, e eu provavelmente poderia encontrar seu corpo, sim. Poderia encontrá-la, mesmo que não fosse isso que ela estivesse pedindo. Uma detetive precisava ter limites. Eu me recostei na poltrona e a deixei escapar.

STEPH CHA

STEPH CHA é autora de *Follow Her Home*, *Beware Beware* e *Dead Soon Enough*. Seu quarto e mais recente romance é *Your House Will Pay*. É a editora *noir* da *Los Angeles Review of Books* e colaboradora regular do *Los Angeles Times* e do *USA Today*. Mora em sua cidade natal, Los Angeles, com o marido e dois basset hounds.

LADRÃO

Depois do enterro — almoço. Era costume, algo que se esperava, um jeito de os enlutados se reunirem num lugar familiar e neutro, sempre o mesmo restaurante coreano em Vermont. Não foi Jangmi que organizou. Isso coube, como tantas outras coisas, ao cunhado e à irmã, aqueles que conseguiam respirar o suficiente para planejar, telefonar. Jangmi mal conseguia abrir a boca. Ela não disse nada no velório, só murmurou e assentiu enquanto os enlutados a cumprimentavam com apertos de mão. Havia muitos. Lotaram a capela. Nunca tinha visto aquele lugar tão cheio, todos os bancos ocupados, os corredores abarrotados de coroas de flores. Isaac só tinha 21 anos.

Eles o enterraram, e ela ficou sentada lá, deixando-os trabalhar. Seu primogênito. Seu único filho.

Ela olhou para o prato, cheio de comida do bufê. Carne processada e legumes cozidos, macarrão de batata-doce oleoso. Alguém havia feito o prato e o deixou na frente dela, cutucando-a para que comesse. Ela sentiu o gás acumular no estômago, fechou os olhos e cobriu a boca para reprimir um arroto ácido.

A cadeira ao lado guinchou quando alguém se sentou. Jangmi fez um esforço para recompor o rosto. Ninguém queria ver como ela se sentia, não mesmo. Só os deixaria constrangidos. Ela se endireitou e abriu os olhos. Nunca tinha notado o horror daquele restaurante, os salões sem janelas, iluminados demais.

Sua sobrinha estava lá, olhando para ela. "Tia", disse a jovem, e puxou a cadeira para mais perto.

Os olhos de Lynn já estavam vermelhos e lacrimejantes, e só de olhar para a tia ela pareceu chorar ainda mais. Jangmi sabia o que Lynn estava sentindo — uma dor profunda, mas controlável, intensificada pela pena. Era o que Jangmi sentiria se qualquer outra pessoa tivesse morrido. Um membro da igreja, um amigo. Até mesmo Lynn, filha de sua irmã. O rosto ardeu com esse pensamento maldoso —amava Lynn e não desejaria isso à irmã, mas teria trocado qualquer pessoa por Isaac, ela mesma antes de todos.

Olhou para a sobrinha e sentiu uma pontada de culpa e ternura. Lynn estava com 23 anos, era jovem, tinha emprego, namorado, dentes retos e cílios longos — falsos, percebeu Jangmi, extensões aplicadas num salão de beleza. Mas ela ainda podia ver a garota desengonçada de dentes tortos, a prima mais velha por dois curtos e importantes anos. Por um momento, foi só o que ela conseguiu ver — Lynn de maiô rosa, cantando *Cava! Cava! Cava!* enquanto Isaac e Christina cavavam a areia com os calcanhares, construindo uma jacuzzi na praia seguindo as instruções de Lynn. Perguntou-se se era assim que Lynn se lembraria dele, como uma criança bonita e roliça, sincera e risonha.

Aquela criança ainda estava ali, por baixo de tudo. Entre as tatuagens, o nome de Jangmi no peito, rodeado de espinhos e rosas. O agente funerário havia mostrado para ela, depois de lavar o corpo de Isaac. Uma oferta gentil, pequena prova de que esse menino, apesar de seus pecados, tinha amado a mãe. Ela não sabia da tatuagem.

"Tia", repetiu Lynn, a voz aguda e trêmula, "a senhora está com o dinheiro? O tio Simon mandou perguntar."

Jangmi balançou a cabeça, ainda pensando em seu nome escrito no corpo de Isaac, aquelas letras góticas feias na linda pele do filho. O buraco no estômago, onde a bala tirou sua vida. "Dinheiro?"

"Os envelopes", insistiu Lynn. "O dinheiro."

Jangmi levou mais um tempo para entender. O dinheiro — claro que havia dinheiro. Tinha visto os envelopes em dezenas de velórios, *geunjo* impresso em caracteres chineses formais, pretos no papel branco. Ela mesma já tinha feito, colocado notas novinhas e respeitosas no envelope e o entregando com tristeza aos parentes enlutados; escrevera o próprio nome naqueles livros. Fazia parte do ritual, um modo de os amigos, colegas de trabalho e membros da igreja darem forma ao luto, assim como as coroas de flores, os versículos da Bíblia, os bufês. O funeral de Isaac não foi diferente. Havia esquecido esse detalhe. Não era tarefa sua.

"Eu estava com os envelopes no velório, naquela caixa. Sabe aquela de madeira?" Lynn olhou para ela com esperança desesperada. "Pensei ter colocado na minha bolsa, mas agora não consigo encontrar."

Jangmi balançou a cabeça. Nem a caixa tinha visto naquele dia. Parecia errado e sujo pensar em dinheiro. O que era dinheiro comparado à perda de seu único filho? Mas o fato era que haviam contabilizado esse dinheiro no orçamento. Compraram um túmulo, ao lado do túmulo dos pais dela. Jangmi e Simon pouparam para o enterro dos pais; não haviam planejado enterrar Isaac. Toda aquela gente... tanta gente havia aparecido para se despedir dele. Só a refeição custaria milhares de dólares.

Lynn abaixou a cabeça e chorou. Não de tristeza por Isaac, pensou Jangmi, mas de medo e pânico, por si mesma.

"Será que alguém levou tudo?", perguntou Lynn. "Amigos do Isaac..."

Jangmi inspecionou o salão, todos os enlutados falando em voz baixa por cima dos pratos. Havia muitas pessoas que ela não reconhecia, especialmente os mais novos. Um dos carregadores do caixão — de camisa para fora das calças caídas —, ela nem sabia o nome dele.

Não falava com o filho havia mais de um ano.

Procurou o carregador do caixão e o encontrou debruçado numa mesa do outro lado da sala. Estava com outros dois rapazes e uma garota. Mesmo com roupas formais, pareciam arruaceiros. A cabeça de um dos garotos estava raspada de maneira desigual, como se ele mesmo tivesse feito aquilo sem usar espelho. A garota usava maquiagem forte, e a blusa apertada se abria entre os seios. Eram essas as pessoas a quem Isaac preferia, mais que à própria família? Ele sempre se irritava quando Jangmi implicava com os amigos. Mas, no fim, a mãe tinha razão a respeito deles, não tinha?

Seu coração acelerou e o nome chegou aos lábios: "Teddy".

Ele também tinha carregado o caixão — Jangmi reclamaria, se tivesse forças, mas ele era a última pessoa em quem gostaria de pensar enquanto seu filho esperava ser enterrado. Ela observou a sala em busca da figura magra de Teddy, o rodamoinho eterno na nuca, onde o cabelo fazia duas voltas, como olhos. Era para ser um sinal de sorte, e talvez fosse: Teddy ainda estava vivo.

"Tia? A senhora disse alguma coisa?"

Jangmi balançou a cabeça. Não era hora de dar escândalo. Fechou os olhos, esperando que Lynn a deixasse em paz. Não havia necessidade de olhar mais. Ela sabia quem estava com o dinheiro, e ele tinha ido embora.

Isaac morreu sozinho, mas, se Jangmi estivesse certa, Teddy não estava muito longe. Aquele menino nunca prestou. Ela já tinha medo dele quando ele tinha 14 anos, aquele sorriso de desdém e o cheiro de cigarro. O pai, Chris Koh, era um conhecido apostador. A mãe, Mary Koh, trabalhava em dois restaurantes e vivia preocupada atrás do marido. Não tinha tempo para os filhos, por isso eles faziam o que queriam. A garota costumava aparecer na igreja de minissaia escandalosa e sutiã colorido, as alças e ganchos visíveis debaixo da blusa sem mangas. Jangmi a flagrou encarando o pastor dos jovens num domingo, com a língua entre os dentes. Era impossível que ela tivesse mais de 15 anos. Teddy era pior. Bebia, fumava e brigava, mas o pior de tudo era que havia se ligado a Isaac.

Ela procurou por ele, depois que Lynn veio falar com ela, mas tudo aconteceu como ela imaginara — ele saiu do salão discretamente, ou nem chegou a voltar do cemitério. Quando os outros foram embora, todos pareciam saber que o dinheiro havia desaparecido. Jangmi os ouviu sussurrando, especulando, mas não se juntou a eles. Não queria falar com ninguém até descobrir o que faria, e não queria gastar nem mais um minuto pensando em Teddy em vez de Isaac. Lynn ficou para trás depois que os enlutados se dispersaram. Ela reuniu os funcionários do restaurante e vasculhou o salão, mas o dinheiro havia sumido.

Simon ficou furioso. Cogitou chamar a polícia — mas o que eles poderiam fazer? Jangmi deixou que ele se enfurecesse e teimasse. Era bom para ele, de certa forma. Estava mais animado do que já estivera desde o tiroteio; talvez desde que Isaac saíra de casa. E não pedia nada a ela, queria apenas uma caixa de ressonância para reverberar sua suspeita e sua raiva. Ele protestou contra os amigos *kkangpae* de Isaac, mas também resmungou sobre membros da igreja, colegas, qualquer um que pudesse precisar de dinheiro. Até duvidou do próprio primo, um homem tranquilo, inteligente e correto, cuja esposa fora diagnosticada com câncer de fígado em estágio três. Se ela dissesse que desconfiava de Teddy, ele insistiria em perseguir o garoto e mandar prendê-lo. E talvez fosse esse o seu desejo. Mas, depois de tudo o que ele lhe havia tirado, seria ela quem acertaria as contas com Teddy.

Por seis dias, Jangmi não fez nada. No sétimo, ligou para Mary Koh. Esperava que Mary soubesse onde estaria o filho.

"Sinto muito, Jangmi", disse Mary.

Jangmi não conseguiu agradecer. Como ela deve estar aliviada por não ter sido o filho dela quem morreu. "Preciso falar com o Teddy", respondeu Jangmi.

Mary ficou em silêncio, e Jangmi pensou que a mulher desligaria o telefone. "Do que se trata?", perguntou finalmente. Havia desconforto em seu tom de voz, mas ainda era gentil, educado, em respeito à dor de Jangmi.

"Isaac", respondeu ela, deixando as emoções transparecerem na fala. "Teddy era o melhor amigo dele. Quero saber o que meu filho fez no ano passado."

"Teddy..."

"Você sabe onde ele está?" Jangmi tentou imaginar para onde fugiria um garoto com milhares de dólares em notas roubadas.

"Ele está em casa", disse Mary.

Jangmi piscou. "Onde ele mora?"

"Ele está em casa", repetiu Mary. "Está com a gente. Tudo isso está sendo muito difícil para ele."

Os Koh moravam num apartamento de dois quartos em Koreatown. Jangmi sabia onde ficava, mas nunca tinha entrado lá. Era pequeno e bagunçado — Mary Koh não era uma boa dona de casa —, não parecia o tipo de lugar em que alguém se divertiria, mas Isaac passava muito tempo lá. Os garotos eram inseparáveis desde o ensino médio, mesmo depois de Jangmi ter banido Teddy de sua casa.

"Oi, Isaac *umma*." Teddy se curvou sem olhá-la nos olhos.

"Entre", disse Mary. "Vou fazer um chá."

"Obrigada, Mary, mas eu gostaria de falar com o Teddy."

"É claro. Venha, sente-se." Ela entrou na sala de estar e fez sinal para que Jangmi a seguisse. "O chá vai ficar pronto num minuto."

"Está tudo bem, *Umma*", Teddy disse à mãe. Então, virou-se para Jangmi. "Podemos conversar no meu quarto."

Ele ofereceu um enorme pufe para ela sentar-se e fechou a porta sem que fosse instruído a isso. Foi para a cama e ficou meio sentado, meio deitado debaixo das cobertas amarrotadas. O quarto cheirava a mofo e almíscar. Ele não disse nada, esperou que ela falasse. Ainda não olhava para ela. Parecia pronto para se deitar e virar o rosto para a parede.

"Achei que você estivesse se escondendo", disse ela.

"Não."

"Você pegou o dinheiro?"

Ele assentiu, ou pelo menos sua cabeça caiu em direção ao peito. Ela ficou alarmada que ele não se desse ao trabalho de negar. Teve medo de aquilo ser uma armadilha, mas não conseguiu imaginar o que mais ele poderia roubar dela.

"Onde está?"

"Já era."

"Como assim, *já era*?"

"Isaac disse que ligou pra senhora. Ele não ligou?"

Jangmi sentiu o sangue se esvair do rosto. Isaac havia ligado para ela. Deixara uma mensagem incoerente, implorando por dinheiro. Parecia drogado.

Ela o ignorou e, três dias depois, ele estava morto. Ela achava que ninguém mais soubesse.

Ele fungou. "A gente fez uma coisa idiota, ok? E ficamos devendo muito dinheiro pra uma pessoa."

"Quem?"

"A senhora não vai querer saber", respondeu. "Mas é alguém assustador."

Ela engoliu em seco, tentando realocar a raiva e o medo por baixo da onda de culpa. "Foi essa pessoa que matou Isaac?"

"Não, mas teria matado. Teria matado nós dois."

Jangmi tentou organizar os pensamentos. Seu filho morreu roubando um posto de gasolina, e esse ato estúpido e desesperado foi a última coisa que fez com o tempo que tinha na terra. Quando a polícia conversou com Jangmi, ela não fez nenhuma pergunta. Não queria saber as respostas.

Mas agora, com Teddy deitado ali, ela queria saber. "O carro dele não estava lá, no posto de gasolina", disse ela. "Foi você quem dirigiu, não foi? E o deixou lá. Para morrer."

Os olhos de Teddy brilharam, cheios de lágrimas. "Eu não queria ir. Eu disse que era uma péssima ideia, que a gente daria outro jeito, mas ele falou que a gente não tinha escolha. Falou que ia entrar, que eu só precisava dirigir, e se acontecesse alguma coisa eu deveria ir embora o mais rápido possível."

Ela quis lhe dar um tapa. Isaac estava morto. Não poderia mais se defender. E lá estava o melhor amigo dele, contando mentiras para sua mãe. Teddy era podre. Vinha de uma família desprezível e corrompeu Isaac, que era um bom aluno, um bom menino, antes de conhecer Teddy. Foi Teddy quem levou Isaac para as drogas e para o álcool, que o levou a roubar e a matar aula. Foi por culpa de Teddy que Isaac entrou para uma gangue, que nunca foi à faculdade.

"Você tirou meu filho de mim", disse ela.

"Eu não tirei Isaac de você!" Ele apoiou a cabeça na parede e apertou o osso do nariz. "Me desculpe. Eu não queria gritar. Eu sei que a senhora pensa assim... que a senhora nunca gostou de mim e acha que a culpa é toda minha, mas o Isaac era adulto." Finalmente, ele olhou para ela. "E a senhora também cometeu uns erros. Expulsou o Isaac de casa quando ele deixou de ser o filho a senhora queria. Nunca tentou entender seu filho nem amá-lo pela pessoa que ele era. Eu, sim. Então a senhora não pode agir como se fosse a única que está sofrendo."

O rosto de Jangmi ardeu. Ele estava enganado. Ninguém amava Isaac como ela. Muito menos aquele mentiroso, aquele *kkangpae*, aquele ladrão. "Você roubou o dinheiro do velório dele", disse ela.

"Desculpa. Eu precisava. Pode mandar me prender se quiser, mas eu não queria morrer." Ele teve a decência de baixar o olhar.

"Cadê o resto?"

"Resto?"

"O resto do dinheiro. Tinha uns cinco mil dólares lá."

"Seis mil." Ele deu uma risada amarga. "Seis mil e quatrocentos. A gente deve dez mil."

"E agora?"

"Eu devo três mil e seiscentos, mas tenho mais um dia de vida."

Ela vasculhou a bolsa e encontrou o que procurava: o talão de cheques e uma caneta. Aquele apartamento fedorento, aquele menino patético e nojento — como ele se atrevia a dar sermão sobre o filho dela? Ela se levantou enquanto rabiscava o cheque, o destacou e estendeu para ele. Ele pegou, olhando a quantia, e começou a chorar.

"Obrigado", disse. "Obrigado."

Ela abriu a porta, e Mary se levantou de repente — estava esperando para levá-la até a saída. Jangmi olhou para o garoto que soluçava e falou alto o bastante para que Mary ouvisse: "Meu maior desejo é que você nunca tivesse nascido".

PARTE3
HOMICÍDIO
©Laurel Hausler

S.A. SOLOMON

S.A. SOLOMON publicou contos e poemas em *New Jersey Noir, Jewish Noir, Skin & Bones, Down & Out: The Magazine, Protectors 2: Heroes: Stories to Benefit* PROTECT, *Grand Central Noir, Shotgun Honey* e *The Five-Two: Crime Poetry Weekly*. Faz parte da divisão nova-iorquina do Mystery Writers of America.

IMPALA

Para Joyce

Estava chovendo, e o Impala não ia nada bem. Era como pilotar um navio de cruzeiro, mas ela sabia o que fazer, porque Glen, ex-piloto da Marinha, lhe ensinara a dirigir e a lidar com controles lentos. "Renée" (sua mãe, que se foi, lhe dera esse nome), diria Glen, "você está no controle da máquina. Se lutar contra ela, a máquina vai reagir, e essa pode ser sua última missão." Nesse ponto, ele fazia gestos simulando um avião em queda livre. "*Kaput, finis... pá.*" Ele sempre a fazia rir, mesmo quando a irritava, mas até então ela sempre lhe dera ouvidos.

Glen era quem tinha juntado os cacos quando a mãe dela foi embora. Literalmente, já que ela — Renée — tinha quebrado todos os pratos e louças da cozinha da unidade habitacional do governo onde moravam. Ela não se lembrava desse episódio. Até se aposentar por invalidez, Glen trabalhou na NASA como empreiteiro numa função confidencial. Ela era pequena demais para entender os motivos que levaram sua mãe a ir embora; mas, conforme crescia, várias partes interessadas (geralmente mulheres) pareciam ansiosas para lhe oferecer versões do caso. Não acreditava em nenhuma delas. Só o que sabia era que Glen cuidava dela, e, nos momentos em que ele não conseguia cuidar de si mesmo, ela o fazia. Devia isso a Glen.

Quando o Impala começou a jogar para o lado, ela bateu de leve no volante e o carro reagiu, endireitando-se na estrada lavada pela chuva, quase vazia. Renée olhou no velocímetro. Estava dentro do limite estabelecido. Estava prestes a atravessar a fronteira do estado e não podia se dar ao luxo de ser detida. Seria um "meter até as bolas", como diriam os garotos da escola. Ela detestava essa expressão, por evocar (como se pretendia) um corpo feminino atacado por membros masculinos. Era por isso que os garotos usavam essas palavras. Diziam-nas com vontade, com ânsia.

Se era "estupro" que queriam dizer, por que não falavam de uma vez? Covardes.

Ela sabia o que queriam dizer porque haviam lhe mostrado.

Tinha 15 anos na época e não podia simplesmente juntar suas coisas e ir embora, como sua mãe. E não podia contar a Glen, que sairia atrás deles — ou pior, os denunciaria e a exporia ao ridículo e à vergonha com essa revelação pública, uma vergonha sem volta.

Tinha uma solução melhor.

Havia muitos caras na escola que queriam o que ela estava disposta a oferecer, mas só um lhe entregaria o que precisava: proteção.

Panda era um mandachuva. Não era preciso saber nada sobre o que ele fazia de verdade para entender isso. Dava para ver pelo modo como as pessoas agiam perto dele. Era temido e, portanto, respeitado.

Sim, ela era namorada de gângster, e daí?

No começo, foi emocionante, um barato perigoso, mas depois ela começou a desejar e precisar do barato, não conseguia se separar dele, nem mesmo quando os gestos apaixonados, os tapas na bunda e a pegada possessiva no pescoço viraram golpes e hematomas que precisava esconder de Glen e dos professores. (Os xingamentos eram quase piores: a insinuação de que era "mercadoria estragada" por causa do que aqueles garotos tinham feito. Logo percebeu que Panda não havia lhe resgatado, mas reciclado. Esperava-se que ela pagasse com serviços à altura do gesto.)

Os professores prestavam atenção nela porque diziam que era "promissora". Promissora? O que isso queria dizer? Não devia nada a eles. Entregava a lição de casa no prazo e geralmente passava nas provas. Isso a deixava entre os nove por cento de seu ano no ensino médio. Não tinha nada a ver com os professores, nem com Glen. Era por causa da mãe, que, quando achava que Renée não conseguia ouvir ou entender, se encolhia numa bolha, se batia com os próprios punhos e se chamava de *burra, burra, burra*. E sua mãe não era burra. Era inteligente, tão inteligente quanto um homem, Glen sempre dizia, mas alguém havia lhe ensinado que ela era burra.

Glen não era assim. Glen amou a mãe dela. Ele a conheceu numa mesa de *blackjack* do cassino Seminole em Hollywood. Ela quase sempre vencia, tinha afinidade com as cartas. Por causa disso, a expulsaram de várias mesas. Glen tentara convencê-la a lhe ensinar essa habilidade, ou truque, ou sei lá o quê, mas ela não conseguia. Ou não queria.

Renée tentou entender o que isso significava. Burra por quê? Era porque sua mãe se havia deixado engravidar e, portanto, se prender? (Renée não conhecia o pai. Nunca lhe contaram, e ela não se importava a ponto de procurá-lo depois de crescida.) Mamãe finalmente se libertara, largando Renée numa creche desconhecida, onde nem estava matriculada, prendendo o nome e o número do telefone de Glen no bolso do casaco do bolso dela. Ele recebera o telefonema no trabalho. Quando ainda trabalhava. Ela se lembrava vagamente das mulheres da creche arrulhando, não por causa dela, embora fingissem que sim. Elas não faziam isso antes de Glen, com seu crachá da NASA preso ao cinto, chegar dirigindo o Impala vermelho-maçã, um Custom Coupe 1976 com motor V-8 Turbo-Jet 454. Ele mesmo o havia restaurado. Era isto que ele fazia no trabalho: motores de foguete. (Embora ela não fosse obrigada a saber.)

Renée não pediu para nascer menina. Teria preferido ser homem. Não porque não se sentisse "feminina", mas porque os homens é que mandavam. Não suportava a constante sensação de ser controlada quando um homem entrava numa sala cheia de mulheres. Não entendia por que tinha que aceitar aquilo; mas, ao crescer, entendeu que era uma espécie de contrato social. Era o mesmo que questionar a existência de Deus ou o clima. (Ela também tentou fazer isso — não o clima, que era empiricamente demonstrável, mas "Deus". O gesto não foi bem-visto em sua comunidade conservadora na Costa Espacial da Flórida.)

E Glen, que lhe ensinara os macetes dos motores e as leis da aerodinâmica, não podia explicar as leis do corpo feminino — como ele se inflamava de paixão e desejo, mas não sugeria vazão aceitável. Glen não podia, não conseguia aconselhá-la a não lutar contra os instrumentos delicados que ela precisava controlar. Para ele, era um mistério desconcertante, que ultrapassava a lógica ou as regras da engenharia.

Ele ensinou Renée a trocar pneu, o que dera início à catástrofe da qual ela estava fugindo. Bom, não era o início. Tudo tinha começado na escola, quando os detetives quiseram falar com ela sobre o "vínculo" de Panda com uma gangue. Ela havia sido suspensa por fazer rabiscos nos próprios cadernos, que tiraram de seu armário (sem dúvida por causa de uma "dica" que os alunos foram incentivados a dar usando uma linha direta "anônima" — uma piada, porque ninguém era anônimo naquela pequena comunidade). Os detetives disseram que parecia um símbolo de gangue e, afinal de contas, ela era namorada de Panda, o "suposto" líder da facção local de notória quadrilha internacional pela qual as autoridades tinham o maior tesão.

Queriam interrogá-la, mas ela não tinha nada a dizer.

Panda também queria falar com ela.

Que "atividades suspeitas" ela havia observado?, quis saber a detetive encarregada do caso (uma mulher que agia como se estivesse do lado de Renée).

O que te perguntaram?, Panda queria saber.

Não havia observado nada — só que, depois de saber que ela era namorada do Panda, os garotos que a atormentavam (filhos dos funcionários da NASA e das famílias residentes na base militar da vizinhança) a deixaram em paz.

Ela ainda não tinha responder a nenhuma pergunta, porque a polícia precisava da permissão de Glen. Não haviam falado com ele, mas era questão de tempo.

Enquanto isso, Panda tinha mandado avisar que queria falar com ela. Não podia faltar à aula e ficar em casa porque Glen perceberia. Ele estava numa fase sóbria, depois de trocar os analgésicos e o álcool por Jesus e começar a sair com uma moça da igreja. Essa moça agia como se quisesse ser mãe de Renée, mas era puro fingimento, ela sabia. Mais que isso, ela não precisava de mãe. Uma só tinha sido suficiente.

Renée entendeu que era hora de ir. Talvez fosse este o legado de sua mãe: o instinto de saber quando era hora de levantar voo, enquanto Glen lhe ensinara a mecânica da coisa. Ela tirou as chaves do Impala do gancho na cozinha impecável (a moça da igreja outra vez). Glen guardava o carro na garagem e agora não o dirigia mais. Tinha tantas multas por dirigir bêbado que se podia presumir que não ia precisar dele tão cedo. Às vezes ele a deixava dirigir, agindo como copiloto. Abasteciam o Impala e iam tomar sorvete no Taystee Treat, em Cabo Canaveral.

Ele provavelmente sentiria saudades dela, mas seria reconfortado pelo Senhor e pela moça da igreja. Quando isso falhasse, as pílulas estariam lá, esperando. (Essa versão durona de Renée intervinha sempre que ela precisava de reforços, mas a dureza desapareceria completamente quando ela começasse a sentir a dor de abandonar Glen, que, apesar de todos os defeitos, escolhera cuidar dela como um pai quando os que deveriam ter feito isso fugiram do serviço. Fugiram dela.)

Pegou sua bolsa de ginástica com uma muda de roupa e o dinheiro do supermercado na lata que ficava no armário da cozinha. Era sua vez de fazer a compra. Glen dava muita importância à disciplina e às tarefas domésticas quando estava sóbrio.

O motor poderoso do Impala ligou imediatamente e roncou, esperando enquanto ela ajustava o assento e verificava os espelhos. Ela recuou devagar para o fim da rua sem saída e trocou a marcha, saiu do complexo de apartamentos e entrou na rua de acesso à rodovia. Abaixou o vidro das janelas, ligou o rádio na estação de rock das antigas (outra influência de Glen) e rumou para o norte.

Era o fim da tarde na I-95 quando, poucas horas depois, na penumbra verde de uma área de conservação em algum lugar além das ruas de Jacksonville, aquilo aconteceu. A chuva intermitente havia parado, mas ela precisava tomar cuidado com os galhos espalhados na estrada depois da tempestade passageira. E não dava para saber quando a próxima pancada de chuva cairia, reduzindo a visibilidade a quase zero. Sentiu as mãos escorregadias no volante e as enxugou no short jeans. O celular vibrou no banco ao lado. A foto de Panda apareceu na tela. Ele já havia mandado 25 mensagens e ela não tinha respondido.

A criatura era rápida. Cruzou seu campo de visão e sumiu, quase sem que a percebesse, mas não de todo, porque Renée deteve sua fuga num momento de desatenção. Pisou no freio, o instinto todo errado. Era tarde demais para evitar o que quer que tivesse atingido. O Impala reagiu, derrapando no asfalto molhado. O treinamento de Glen entrou em cena, e ela girou o volante e controlou a derrapagem, sem resistir enquanto o grande carro desacelerava e seguia em direção ao acostamento. O cinto de segurança se cravou na cintura. Ela pisou no freio e se endireitou, mas havia alguma coisa errada. As rodas estavam ruins, o carro sacudia ao avançar. Tinha furado um pneu.

Saiu completamente da estrada para o acostamento, como havia aprendido, e desceu pelo lado do passageiro, longe da pista. Por poucos metros, não havia enfiado o carro numa vala de drenagem. Contornou o veículo para verificar o estrago. Era o pneu traseiro esquerdo que estava furado. Quando foi até a frente do Impala, viu o ponto de impacto. Havia sangue na roda esquerda também. Era grave, como quando aquele garoto Kelly amarrou um gato de rua ao seu quadriciclo e acelerou para ver quanto tempo o animal levaria para morrer. Ele e os amigos cronometraram o acontecimento, fazendo apostas. Agora eram policiais, a maioria deles, bandidinhos controlando a delegacia local. Glen teve desentendimentos com eles. Não gostava do jeito como lidavam com as coisas.

Ela não viu — nem ouviu — o animal em lugar nenhum. Ou ela o havia matado, o que era provável, ou ele tinha rastejado para longe para lamber as feridas e morrer em paz. Ela murmurou um pedido silencioso de desculpas e voltou para a traseira do Impala. Havia um estepe no porta-malas. A única dúvida era: será que se lembrava de como trocar um pneu? Fazia muito tempo que recebera as lições de Glen. Viu as ferramentas reunidas — o macaco, a chave de roda, os calços —, sentiu uma leve agitação e se pôs a trabalhar. Se não conseguisse completar o serviço, teria que pedir carona, simples assim. Já havia feito isso. Era arriscado, mas havia modos de se proteger. Os caminhoneiros geralmente tinham um fraco por gente que estava fugindo de casa; os grandes caminhões que viajavam com um motorista extra no banco do passageiro, como uma equipe de marido e mulher. Se não fosse totalmente ilegal, dar carona num caminhão era ao menos uma prática malvista, mas às vezes eles davam essa colher de chá para os jovens.

Estava quase terminando de tirar as porcas da roda quando um par de faróis apareceu na escuridão. A última era a mais teimosa. Ela estava suando, seus dedos escorregaram na chave, que escapou da mão. "Merda!", resmungou, procurando a chave no chão. Tinha uma lanterna e logo a localizou na faixa de grama. *Glen cuidou de tudo*, pensou ela com uma pontada de culpa, depois endureceu o coração. Ele nem devia ter percebido a ausência dela, em seu êxtase religioso com a moça da igreja no sofá-cama. Ela enxugou as mãos num trapo e voltou ao trabalho.

Alguns carros tinham passado sem diminuir a velocidade, por isso não se preocupou até que as luzes intensas do veículo parassem atrás dela, o clarão cobrindo o Impala e iluminando as árvores de folhas lustrosas. A garoa tinha recomeçado. Um homem de agasalho saiu. Ela não conseguia ver nem o modelo nem a cor do carro, mas não parecia ser da patrulha rodoviária. Que bom. Ficou de olho enquanto ele se aproximava, mas continuou a trabalhar na peça de metal travada. Provavelmente precisaria da lata de lubrificante.

"Oi, mocinha. Qual é o problema?"

Ela olhou para o homem de meia-idade, estatura e constituição física médias, cabelos escuros e curtos, olhos castanhos ou cor de mel (no clarão, era difícil ter certeza) que também a observavam. Ela havia amarrado o cabelo num rabo de cavalo sujo e estava com as mãos manchadas de graxa. Procurou o trapo, mas não conseguiu encontrá-lo, então limpou as mãos no short. O olhar dele a acompanhou.

"Você está encharcada", disse. "Por que não dá isso aí" — ele quis dizer a chave — "para mim e me deixa cuidar disso? Uma menininha como você dirigindo esse carrão sozinha? Estou surpreso que sua mãe e seu pai tenham deixado você sair numa noite como esta. Onde é que este mundo vai parar?" Ele estendeu a mão para a ferramenta.

Ela balançou a cabeça, recusando, e a apertou com força. Seu corpo estava em alerta máximo, o instrumento delicado registrando a ameaça, e ela estremeceu sem querer.

"Calma aí, fera. Só estou tentando ajudar. Você deve estar congelando. Pode até estar com hipotermia. Tome", disse ele, tirando o agasalho e aproximando-se dela, cercando-a, "por que não veste meu casaco?"

Ela recuou.

"Ei, espere aí, não vou te machucar. Sou da polícia — bom, estou aposentado, mas... Olha, aqui está a prova." Ele pegou a carteira e a abriu, revelando um distintivo prateado de aparência oficial, o que não provava nada. Poderia ter comprado aquilo na internet.

"O que foi, não sabe falar?", perguntou, e, quando ela continuou sem responder, o sorriso tranquilizador do homem murchou. "Você entende a minha língua?", ele quis saber. Olhou ao redor, procurando alguma coisa — ou alguém. "Está sozinha? Estava dirigindo?" Ele tomou a lanterna dela e a apontou para as árvores, como se quisesse revelar um fugitivo escondido na mata. "Talvez eu precise te denunciar. Mostre sua carteira de habilitação. Espero que tenha."

Na verdade, não tinha, só uma licença temporária de aprendiz. "Fica longe", respondeu ela.

"Não precisa ter medo, menina. Eu tenho uma filha da sua idade." Como se isso pudesse tranquilizá-la. "Qual é o seu nome? Acho que eu devia te denunciar, mas é o seguinte. Se você se acalmar e me deixar ajudar, a gente bota essa belezinha pra funcionar e você segue seu caminho."

Denunciar o quê, e a quem? Que ela era uma garota sozinha na beira da estrada com um carro enguiçado? Aparentemente isso era crime. Ou será que não deixar um homem ajudar fosse o crime?

"Obrigada, mas já acionei o seguro", mentiu. "O guincho já vai chegar."

"Sabichona, hein? Você nem acendeu o pisca-alerta, nem um sinalizador. É perigoso ficar na estrada à noite. Eu não posso me responsabilizar se alguma coisa acontecer com você."

Era uma ameaça ou só o protesto de um homem que acreditava, que havia aprendido, que tinha autoridade sobre as mulheres? Ele não era policial nem socorrista, alguém com o dever real de intervir (embora ainda houvesse dúvida sobre em que ele estaria interferindo. Aquele não era o cenário de um acidente — nem de um crime. Ainda. E era o que mais a incomodava; despertava a raiva que se inflamou quando sentira — quando soubera — que sua "mulherice" estava sendo usada contra ela e empregada como instrumento de terror).

Mas não podia gritar nem fugir. Não havia ninguém para ouvir, nenhum lugar para onde correr. Poderia se trancar no Impala e ligar para a polícia. Mas, nesse caso, quanto tempo levaria para alguém responder? E esse não seria só o começo do fim? Eles a mandariam para casa, e ela estaria de volta à estaca zero.

Não sabia se o homem era mesmo uma ameaça, embora seu corpo dissesse que sim, que ela deveria escapar enquanto podia. Afinal de contas, estavam no norte da Flórida, famoso por seus andarilhos e assassinos em série, que à primeira vista não eram tão diferentes dos vizinhos virtuosos, obedientes à lei.

Renée apertou ainda mais a chave de roda.

O homem a observou.

"Não faça nada de que vá se arrepender", disse ele, depois riu amargamente. "Quer saber? Estou de saco cheio de vocês, mulheres modernas. Não precisam de homem, é isso? Vocês se viram muito bem sem a gente? Bom pra vocês, então. Escuta, homem de verdade também não quer uma menina que nem você, pode acreditar. É melhor ficar com gente da sua laia." Ele quase cuspiu as últimas palavras, mas não as explicou. Não precisava. Ela sabia o que ele queria dizer. Quase sorriu e mordeu o lábio. A situação estava longe de ser engraçada. Ao contrário; estava pior agora, porque ela o havia irritado.

O homem deu as costas, como se fosse embora, e o cérebro disse a ela, com a prova diante dos olhos, *está tudo bem, acabou*, mas seu corpo, o instrumento delicado, resistiu. O braço dela se levantou num ímpeto, e a chave atingiu a testa dele quando ele se virou e a atacou. Ela sentiu a ferramenta bater no osso; o sangue jorrou do ferimento no couro cabeludo do homem. Ele esticou a mão para agarrá-la, agarrar a chave, agarrar a consciência, depois desabou pesadamente, rolando para a vala de drenagem. A água escura da chuva escorria pelas bordas, fechando-se sobre o corpo dele. Ela esperou, mas ele não emergiu.

Ela o tirou da cabeça enquanto terminava de trocar o pneu. Precisava de toda a concentração possível: levantar o veículo pesado com segurança, encaixar as porcas, depois baixar o carro de volta ao chão para apertá-las. Sentiu-se realizada. Devolveu as ferramentas ao porta-malas e contornou o Impala mais uma vez. Tudo parecia estar na mais perfeita ordem, como Glen diria — ou tão em ordem quanto possível até ser examinado por um mecânico. Aquele pneu teria que ser substituído, é claro.

A brisa quase secara o cabelo dela, embora estivesse suada e gelada devido aos esforços. Tirou o moletom da sacola de ginástica e o vestiu, tremendo. Desta vez, não foi um tremor de medo, mas de alívio. Parou para ouvir os sons da noite e escutou o barulho rítmico da água na vala. Que estranho, quase esquecera o homem: sua mente bloqueara a violência para deixar que ela fizesse o que precisava para seguir em frente. Os sentimentos passaram a tomar conta dela: medo, raiva, uma sensação tardia de desamparo, mas não estava desamparada. Tinha provado que não.

Estava começando a ficar assustada outra vez, irracionalmente, pois, se o homem estivesse vivo, já teria emergido. Ela ouviu um som, e arrepios percorreram seus braços. Inclinou a cabeça, escutando o *vrummm* fraco do tráfego distante e o trinado noturno das aves na floresta pantanosa.

E mais uma coisa, um leve gemido vindo da direção das árvores.

O animal estava ferido de morte. Era uma espécie de felino selvagem, raro, talvez — uma pantera-da-flórida? Quando ela se aproximou, o animal rosnou, mesmo agonizando. Tirou o moletom e chegou mais perto, falando com voz meiga. Ele se aquietou, provavelmente para poupar as forças. Sua vida estava se esvaindo. A roda havia atingido e arrastado a criatura; quebrado sua coluna, talvez, já que tremia, o coração latejando contra as mãos dela, mas o animal não lutou quando ela o envolveu com o agasalho e o levou para o carro. À luz, viu que ele tinha tufos de pelo na cara. Um lince, provavelmente. A pelagem estava manchada de sangue. Estava mais morto do que vivo, mas ela não podia deixá-lo ali.

Aquela centelha de vida era preciosa, valia mais que a do predador na vala. Ele tinha recebido o enterro que merecia. (Embora ela soubesse o que os hipócritas na cidade diriam: toda vida é preciosa aos olhos de nosso Senhor. Toda vida como a *deles*, pensou ela. Homens que eram perdoados cada vez que fugiam, abandonando as famílias, e recebidos de volta pelas "fêmeas", que deveriam ser mansas e submissas e, acima de tudo, obedientes. Fêmeas que eram instruídas a perdoar as ofensas que sofriam.)

Voltou para a rodovia, sentindo o Impala se inclinar para um lado enquanto compensava o estepe. Estava cansada. Era como se tivessem se passado dias, e não apenas algumas horas. Precisava parar e dormir em algum momento, mas agora não. Não nesse estado.

Lembrou-se de umas férias de primavera, quando ela e Glen viajaram de carro e visitaram o Pântano de Okefenokee. Foi antes do encontro dele com Jesus, quando ainda conversava sobre ciência e invenções, para que ela soubesse revidar quando os professores da escola ensinassem "design inteligente" em vez de a teoria da evolução. Isso enfurecia Glen: zombava deles, dizendo que tinha uma teoria alternativa de voo para testarem: deveriam pular de um prédio alto e abanar os braços, dizendo *eu acredito que posso voar*, três vezes, bem rápido.

Kaput, finis... pá.

No pântano, aprenderam sobre as epífitas, plantas aéreas cujas sementes pousavam em galhos de árvores e viviam ali, retirando o sustento dos nutrientes transportados pelo ar e da folhagem de sua hospedeira. Os ciprestes eram antigos, seculares, subsistindo no solo turfoso.

Também havia plantas carnívoras: papa-moscas e dróseras, que secretavam um líquido doce para atrair e aprisionar insetos, depois os absorviam e digeriam.

Era mais ou menos o que havia acontecido com Glen, pensou Renée. O desespero levava os adultos a fazerem coisas estranhas.

Os linces viviam no pântano também, ela sabia, como aquele que respirava superficialmente ao seu lado no assento almofadado.

Ela pisou no acelerador e o Impala reagiu, atravessando a fronteira do estado da Geórgia, carregando-os pela noite e pelo pântano aonde ela levaria o animal, devolvendo-o ao lodo primordial que lhe dera vida, e que esperava para recebê-lo.

CASSANDRA KHAW

CASSANDRA KHAW é roteirista da Ubisoft Montreal. Seu trabalho pode ser encontrado nos sites e revistas *F&SF*, *Lightspeed*, *Tor.com* e *Strange Horizons*. Ela também trabalhou nos jogos *Sunless Skies*, *Fallen London*, *Wasteland 3* e *She Remembered Caterpillars*. Sua primeira novela, *Hammers on Bone*, foi indicada ao Locus Award e ao British Fantasy Award. Seu romance *Food of the Gods* foi indicado ao Locus Award.

MÃES, NÓS SONHAMOS

Sempre seria incômodo, decidiu Henrik, ouvir sua esposa ser descrita como uma barracuda, alcunha infligida por causa da mandíbula inferior saliente, do tino econômico e a predileção por nadar no porto no fim do ano, quando a água se cobria de gelo como um véu de noiva. Henrik a amava por essas razões. É verdade que ele levara tempo para se acostumar ao formato incomum da mandíbula, e mais ainda para se adaptar à ideia de que ela não era apenas *inteligente*, mas monstruosamente inteligente, com sua aptidão assustadora para memorizar os calendários das remessas e os registros contábeis, o cosmos vivo do comércio marítimo em sua afamada plenitude.

Mas essa fase era inevitável em todos os matrimônios. Os cônjuges, ao contrário da superstição grega, não nasciam unidos pelo coração. O amor exigia adaptação, compromisso com o aprimoramento pessoal, não importava quão horríveis fossem as razões que impulsionavam tal mudança.

"Eu agradeceria se não falasse da minha esposa desse modo." Henrik dizia as palavras com leveza e humor de modo que seus pares não percebessem o comentário como zanga, mas como zelo pelos conceitos do decoro. Ele sorriu sobre a borda da caneca, a cerveja fraca quase desmerecendo o nome. No bolso, o contrato pesava.

Ainda assim o salão se aquietou, e os bêbados encontraram motivos para desviar o olhar, voltando seus mexericos à forma como a belonave do rei não só tinha afundado, como não conseguira deixar a enseada, soçobrando antes mesmo de os aplausos cessarem. Trinta marinheiros morreram naquela manhã ensolarada, e Henrik teria sido o 31º, não fosse por um milagre de circunstâncias obscuras.

"Ora, não a chamaríamos assim se não a amássemos." Jamie era seu melhor amigo, o único entre os imigrantes escoceses ao mesmo tempo inclinado às questões acadêmicas e intrinsecamente bronzeado; um poliglota com padrões eclesiásticos de disciplina, propenso à melancolia, mas de resto agradável.

"Mesmo assim", respondeu Henrik, "eu agradeceria se não o fizessem."

Jamie encolheu os ombros e relaxou. A população de frequentadores da taverna fora dizimada pelo desastre recente. Henrik, passando o olhar pelas mesas vazias, o rosto das taverneiras vincado de tédio, duvidava que algum dia se recuperasse. Oito anos antes, centenas de pessoas tinham chegado, atraídas pelo prestígio do projeto de estimação da cidade. Os contratantes preferiam os que diziam ter trabalhado para um rei: afinal, os monarcas tendiam a ser extremamente exigentes em se tratando de seus caprichos. Contudo, ninguém em sã consciência desejava ser associado ao fracasso, muito menos a uma catástrofe de tal escala astronômica.

Então, partiram. Em duplas, quartetos, famílias, os pertences amarrados às costas. Não havia vergonha no êxodo. Um leve constrangimento, quem sabe, expresso nas despedidas apressadas e na relutância em falar de decisões finais. *Podemos voltar*, disseram. *Poderiam voltar, voltariam, voltarão, se a empreitada gerar lucro*, mas nenhuma vergonha. A cidade se esvaziou dos cidadãos emprestados e decaiu numa espécie de alcoolismo desanimado e caótico.

"Eu faria um brinde." Jamie tomou os últimos goles da sidra, a luz do sol folheando seu cabelo a bronze. O sol brilhava em sua boca, os lábios pegajosos com o lustro do céu. "Diga, Henrik, você planeja voltar um dia para sua esposa? A barracuda está muito preocupada."

Ele se retesou. "Quando eu estiver melhor."

"Você consegue beber seis canecos de cerveja ruim e devorar um assado inteiro sozinho, então me parece bem o bastante para ser o marido da pobre moça." Jamie segurou o rosto, o queixo apoiado na mão, e suspirou com consternação nos olhos turvos. "Ingrid tem saudades de você."

Henrik olhou para as próprias mãos — dois dedos na mão direita ainda envoltos por ataduras, um na esquerda amputado na altura da primeira junta — e fechou os punhos. Quando voltou a falar, sua voz era baixa: "Eu sei, mas fizemos um acordo. É melhor assim. Posso mandar dinheiro, e ela pode continuar administrando o negócio. Ainda não estou em condições de ser um bom marido".

"E como vai voltar a essas condições se não for para casa? Não se recupera um casamento à distância. Está com medo de levar problemas para ela? É isso? Porque, posso garantir, provavelmente não foi o polonês que afundou o navio, se é o que você está pensando. E, mesmo que fosse, dificilmente mandariam assassinos atrás de um marinheiro e sua mulher."

"Espero que você tenha razão", mentiu Henrik. Lá fora, o dia avançava tomado por uma escuridão salobra, cinzenta, a não ser pelo sol que delineava as nuvens. Banhava a linha do horizonte numa melancolia quase exótica depois de um verão de céu impecavelmente azul. Sem permissão, seus pensamentos voltaram ao corpo branco e longo de sua mulher atirando-se ao mar, a expressão severa, até ameaçadora, enquanto ela afundava, sumindo de vista.

Desde que se casaram, Henrik só a viu sorrir uma vez: uma expressão de descoberta radiante e esperança irredutível, terna de um modo que ele não imaginava que ela fosse capaz, o rosto geralmente tão atormentado por pensamentos que Henrik muitas vezes se pegava pensando se não era por isso que não tinham filhos, o corpo e a mente da mulher ocupados demais com sua introspecção para deixar que um bebê entrasse na conta.

Mas ele tinha visto o sorriso. Uma vez, precisamente. À luz marítima de um navio que afundava, as saias ondulando em torno do corpo rígido, o semblante transtornado de aflição até que ela o vira na penumbra. Ela sorriu e o beijou, exalando ar para os pulmões dele, e até o fim da vida ele se lembraria daquele beijo, daquele sabor nos lábios dela, escaldante, estranho e sagrado.

Aquela visão dela, linda, exultante, ensanguentada como um messias, a boca escancarada, os olhos completamente destituídos de luz.

Ingrid estava sentada no átrio, banhada na última luz do dia, um horror majestoso.

"O que é você?"

A cena tinha um quê subaquático, uma impressão de que o mundo se distorcia lentamente, ondulando ao ritmo de correntes distantes; uma falta de dimensionalidade estática, como se o universo pudesse, a qualquer momento, se desfazer em algo mais fabuloso. De pé, paralisado no vestíbulo de uma casa que já não parecia ser sua, uma aurora de vidro polido engastada em jacarandá manchado de preto pela tempestade do crepúsculo, Henrik sentia-se perdido. Submerso novamente no Báltico, engolindo água salgada a cada grito.

Sua mulher levantou a cabeça, um movimento discreto. Embora a expressão dela permanecesse imóvel, as agulhas que tinha nas mãos continuavam a se mexer, o novelo de lã tingida com feldspato — um tom de carne que lembrava pele escaldada — enrolado no colo, expandindo-se visivelmente entre uma respiração e a seguinte. Henrik não sabia que a esposa tricotava, mas não o surpreendia. Era apenas mais um aspecto de sua natureza sobre o qual ela guardara segredo, algo separado do casamento.

Seus olhares se encontraram, e ela franziu a testa. A porta se fechou atrás dele.

Guardas da rainha entraram no estaleiro, ladeados por lobos com rostos humanos tristes, testemunhos do preço da contravenção. Henrik observou os homens guardarem os cavalos no estábulo. Vestiam uniformes com as cores da vespa, o gorjal gravado com o símbolo da Coroa: uma caveira com galhadas e um sorriso sinistro no aço.

"Lindos como bebês, os culpadores. Poderia acariciá-los, se quisesse." Jamie passou o braço sobre o barril envolto numa rede e com a outra mão fez o sinal da cruz. "Não que eu queira. Dizem que sentem o cheiro do pecado de um homem a mais de mil quilômetros."

"Podem trazer todos os culpadores que quiserem. Não vão encontrar nada aqui." Henrik enxugou a testa. Mesmo com os dias cada vez mais frios, a noite engolindo mais da metade do relógio, o trabalho no cais continuava extenuante. Entretanto, não era sua vocação, e Henrik o executava com imenso desânimo, uma incompetência que se alternava entre divertir e irritar os estivadores.

Um dos culpadores, de semblante menos lupino que os outros e um ar mais sofisticado, ergueu a cabeça, virando-se quando seis mulheres saíram do armazém próximo. Como Ingrid, elas tinham aparência de marinheiras, a pele curtida em tons quentes, os braços torneados de músculos. Aos pares, carregavam tinas repletas das sobras da pesca do dia: um ensopado de cavalas moribundas e *shoggoths* murchos, já se calcificando na impotência, os pseudópodes endurecidos de sal.

"Seja como for, eles ainda precisam de alguém para enforcar. Do contrário, os enforcadores vão exigir o pescoço do rei na guilhotina, e aí onde é que o país vai parar?"

"Nos braços competentes de sua rainha, acho eu."

Jamie riu, o som aveludado e levemente zombeteiro. Coçou a aspereza dos pelos brancos em sua mandíbula; na cabeça, o cabelo ainda teimosamente preto, a não ser pela prata que florescia nas têmporas. "Ouvi dizer que ele assinou a aprovação do projeto do navio, o que significa que é cúmplice daquelas trinta mortes. *Trinta* mortes. Sabe o nome que os advogados dão a isso? Negligência do empregador. Eles precisam fazer alguma coisa. Do contrário, a imagem do país sofrerá." Ele cuspiu aos pés de Henrik.

"Tomara que deixem as mulheres em paz, pelo menos." Henrik pensou no rebanho de viúvas que havia se abrigado na cidade, criando relações de parentesco no rastro da perda compartilhada. Desde a tragédia, tinham se desfeito de qualquer cor e companhia que não fosse as delas mesmas, não falavam com ninguém, a não ser para fazer negócios, não vestiam nada além de preto como a garganta do mar.

E ganhavam dinheiro.

Um dinheiro que a cidade nunca tinha visto. Nem mesmo quando a belonave era gestada no estaleiro, quando os mercadores lotavam o cais na esperança de avistar um monarca, organizando feiras que duravam uma semana; primeiro para a burguesia, depois para qualquer um que se aproximasse de suas bancas de cores vivas. Os lucros daquela época eram assombrosos, mas eram os ganhos de um mendigo comparados à renda que as mulheres conseguiam agora.

"Não vejo por que não deixariam. Agora que têm uma presa melhor." Jamie apoiou o pescoço nas duas mãos e o inclinou para trás, encolhendo-se quando a cartilagem estalou percussivamente. Lançou um olhar pensativo para o amigo, franzindo a boca. "Você vai ficar bem?"

"A não ser que eles tenham desistido de procurar os culpados e planejem enforcar o primeiro tolo que os aborreça, vou ficar bem." Henrik observou as mulheres manobrarem sua carga até os culpadores, dispondo as tinas numa meia-lua em torno das montarias dos guardas da rainha. Observou os guardas virem na sua direção, os capacetes retirados, apoiados debaixo dos braços. À frente deles, uma mulher de tremenda beleza, alta e felina.

Henrik sentiu o fôlego falhar e ouviu Jamie assobiar uma nota de espanto. Se ela tivesse escolhido a aristocracia, a valsa em vez da guerra, sua imagem teria sido consagrada pelos artistas do país, inspiração de cem serenatas. Escultores e pintores teriam se martirizado em seus ofícios, esperando capturá-la em sua obra: um olhar, a curva do braço. Qualquer coisa, desde que pudessem reivindicá-la como sua. Mesmo agora, Henrik imaginava se havia poetas assombrados pelo sorriso da mulher, os sonhos maculados por sua graça e pelas ondas de seus cabelos claros como a neve.

"Mestre Svensson? Meu nome é Maja Torsdotter, guarda a serviço de Sua Majestade, a Abadessa das Vespas." A voz era cortês, de boreal eloquência.

Ele se endireitou sob o olhar dela. "Sei quem você é."

"Vejo que minha reputação me precede." Assim como a voz, o sorriso de Maja era uma rajada de vento, frio e sincero em seu brilho cintilante, fraturado, vítreo. "Isso facilita tudo. Precisamos de sua ajuda, Mestre Svensson. Venha conosco."

Ela quebrou o nariz dele na primeira hora, um ato de mutilação notável tanto por sua graça quanto pela irreverência com que foi realizado. Maja não demonstrou qualquer prazer no ato, nem raiva, nem mesmo a impassibilidade que Henrik associava aos psicopatas. Se havia alguma emoção, era satisfação: satisfação por um dever executado de modo impecável, ainda que implacável. Se havia algum orgulho no gesto, era totalmente profissional.

"Está mentindo, Mestre Svensson. Trinta homens morreram quando deveriam ter sido 31. Nós examinamos os registros. *Sabemos* onde o senhor estava aquartelado. *Não deveria estar vivo.*" Ela se inclinou para a frente, o sangue dele ainda manchando seus dedos. "Conte o que aconteceu naquele dia, Mestre Svensson."

"Foi como eu *disse.*" Henrik tateou os escombros do nariz, sentiu os fragmentos de osso quebrado debaixo da pele. "Não sei."

"Não brinque comigo." Ela gesticulou com dois dedos para o guarda real que vigiava a porta, um rapaz de ar inexperiente, mais alto até do que Maja e Henrik. Ele lançou um olhar para Henrik, inseguro. Seus olhos, como os de Maja, estavam maquiados de âmbar e preto, as cores da vespa por toda parte. "Traga os documentos."

O subordinado respondeu com um breve aceno de cabeça e saiu. Ele lançou a Henrik um último olhar inseguro ao partir, seu perfil azulado no crepúsculo, algo semelhante à clemência nos olhos, algo como um aviso preso na mandíbula. A porta se fechou atrás dele. Mais uma vez, o mundo tornou-se Maja e apenas Maja, nem franzindo o rosto nem sorrindo, o olhar cristalino e firme, a testa ligeiramente vincada, como se Henrik tivesse contado uma piada de mau gosto.

"Mestre Svensson", ela recomeçou.

"Pode repetir meu nome quantas vezes quiser, mas isso não mudará a resposta." Henrik enxugou o nariz com a ponta da manga. "Eu já disse uma vez. Vou dizer de novo: não tive nada a ver com o naufrágio."

"Como o senhor sobreviveu?"

"Alguma vez já se afogou, srta. Torsdotter?" Na sala, apenas uma lamparina a óleo, cuja luz criava formas nas paredes. Peixes defumados — hadoques decapitados, enguias longas e gordas — pendiam do teto. "Não é fácil. O corpo não é nada além de instinto. Para ele, não importa que você esteja imersa na água, incapaz de puxar o ar para os pulmões. Ele vai arfar mesmo assim. Vai chutar enquanto o sal enche a garganta. O que a fará gritar. O corpo estará tão desesperado para respirar, para sobreviver até o minuto seguinte, que vai se matar por essa esperança. E vai se debater o tempo todo, sem saber por que está morrendo."

Uma brisa suave se infiltrou no cabelo de Maja, os fios soltos brilharam por um momento.

"Esse trauma torna difícil me lembrar de qualquer coisa, srta. Torsdotter."

"Como o senhor sobreviveu?"

"Não sei."

"Como o senhor sobreviveu?"

"Não sei." Henrik pensou novamente na água, em Ingrid se contorcendo na escuridão, no quanto aquela graça sinuosa o havia surpreendido, suas roupas não a retardando mais do que as mechas dos longos cabelos. E pensou nos dentes, os molares resistentes cravando-se nos dedos.

Meu, disse uma voz enquanto o sangue dele serpenteava pelo mar, enquanto rostos ocupavam sua visão, enquanto dedos beliscavam e mediam a circunferência de seu torso. Havia outras vozes também, tagarelando, toda uma feira cheia de donas de casa mal-humoradas conspirando para obter descontos na mercadoria. *Meu!*, alguma coisa gritou, e tinha o rosto de sua esposa, porém mais longo, mais prateado, a proa da mandíbula píscea emitindo um brilho sobrenatural.

Henrik estremeceu.

"O senhor não deveria estar vivo, Mestre Svensson. De acordo com a investigação, o senhor estava no piso mais baixo do navio. Digamos que, por algum milagre, tenha encontrado um modo de sobreviver ao tumulto inicial. Ainda precisaria atravessar o resto do navio. Não haveria tempo, Mestre Svensson. A velocidade de naufrágio, o número de andares que o senhor precisaria subir para escapar, o frio da água..."

"Acha que alguém me ajudou?"

Maja ergueu o queixo. "Acho."

"Mas isso é impossível, não é? Foi a senhorita quem disse. O interior da belonave era um labirinto assassino. Além do mais, qual seria a razão? O que eu ganharia com isso?"

"É o que estou tentando entender, Mestre Svensson." Ela abriu as mãos enluvadas, suplicando. "Ajude-me. Por favor. Isso é maior que nós dois. A Coroa não é inclemente. Precisa de respostas mais do que precisa da sua vida. Mesmo se o senhor tivesse negociado com um inimigo, isso... Eu falaria a seu favor, Mestre Svensson. Só precisamos saber o que..."

"Acreditaria em mim se eu contasse que minha mulher comeu meus dedos?" As palavras transbordaram, molhadas e pesadas no silêncio, como miúdos caindo na palma da mão. "Porque essa é uma versão da história que posso contar. Nessa versão, minha mulher é mais que humana, e eu sempre soube disso. Nessa versão, ela entra a nado num navio que está afundando e me encontra, e me resgata, e toma um dízimo de carne porque o sangue é o preço do mar."

Henrik levantou as mãos, mostrando-as à luz amarela e tremulante. Assim iluminadas, era possível ver como o tecido da cicatriz, retorcido e ainda vazando pus, escondia os cortes na carne, os ossos roídos, reduzidos a tocos.

Maja o observou sem fazer comentários, a boca apertada numa linha, e suspirou quando a porta se abriu, e o ajudante voltou com rolos empilhados na dobra do braço. Atrás dele, um dos culpadores estava encurvado, o vapor da respiração saindo entre os dentes chatos.

"Culpado", riu com uma voz áspera de velho fumante.

"Eu diria que acredito no senhor", respondeu Maja, com os olhos no culpador. "Mas diria também que não importa. Está escondendo algo de mim, Mestre Svensson, e isso eu não posso perdoar."

Ela fez um movimento com a mão. De repente, o quarto cheirava a almíscar, óleo de jacinto, salmoura e carne ainda ensanguentada, sal, calor emanando do couro de uma criatura torturada, pele humana em ossos lupinos; o culpador sorriu ao entrar, seus olhos sangrando em fios.

"Última vez, Mestre Svensson. Como o senhor sobreviveu?"

"Minha mulher me salvou."

"Por que ela o salvou?"

"Porque ela me ama." Henrik se afastou do culpador enquanto ele se aproximava, o corpo batendo no canto da mesa, empurrando-a com um som agudo de madeira arrastada.

"Ela o salvou por amor e apenas por amor?", perguntou Maja, a voz suave.

"Sim."

"Culpado", riu o culpador outra vez, agora muito perto, os olhos como duas luas brilhantes.

"Sinto muito", disse Maja.

Sobre a escarpa do ombro largo do culpador, ele viu a guarda cobrir a boca com a palma da mão, desespero em seu olhar, e Henrik pensou, por um momento, em dizer alguma coisa para aliviá-la.

"Eu esperava verdadeiramente que não chegasse a isso."

"Eu entendo", respondeu Henrik, e fechou os olhos.

As viúvas vestiam branco quando vieram buscá-lo, arrastando seda pelas ruas de pedra, as rendas entremeadas de lama e fuligem. Só Ingrid estava de preto, o rosto inexpressivo quando se ajoelhou, tomando a mandíbula dele nas mãos. Henrik estendeu a mão, tremendo, apenas para que Ingrid balançasse a cabeça, um movimento infinitesimal.

"Você precisa descansar."

"Eu não contei nada."

"Nós sabemos", disseram as viúvas em coro, os olhos pretos debaixo da aba do chapéu. Apesar de toda a austeridade dos trajes, os adereços nos chapéus eram extravagantes: pérolas e ossos, corais folheados a prata, escamas de peixe reluzentes, vidrilhos e seixos mais cintilantes do que qualquer joia que Henrik já vira. Ele estremeceu sob o olhar delas. "Você é tão digno quanto ela afirmou."

Doía. Tudo doía. Onde o culpador o atacara, onde Maja esfolara a pele do peito, rasgando-a com ferrões brilhantes de vespa. Ingrid passou a mão pelo esterno, marcando os dedos de vermelho. As viúvas viram Henrik se apoiar no cotovelo, afastando-se de qualquer que fosse a imundície que escorria pela sarjeta.

"Para mim já chega. Se os guardas da rainha me encontrarem de novo, não vou sobreviver a outro interrogatório. Não posso ajudá-las." Ele cuspiu dentes entre cada frase.

Dessa vez, foi Ingrid quem falou: "Mais dois berçários, você nos deve".

"Não devo nada a..."

"Mais dois berçários, mais dois naufrágios", disse ela com voz suave. "Do contrário, nosso casamento estará perdido e uma das outras o tomará como marido, e você se juntará aos seus irmãos no fundo do mar."

Não tinham sido cruéis. As viúvas, naquela noite em que Henrik Svensson pensara em perguntar à esposa *o que* ela era, só o levaram até o fundo do mar. Lá, com a luz jorrando dos cabelos, elas lhe mostraram o que havia acontecido com os outros marinheiros, os outros maridos: as testas abertas, as gargantas rasgadas por seus filhos mestiços, todos feitos de olhos, de radiância translúcida, as espinhas brilhando como ouro.

"Por favor."

"Mais dois naufrágios", repetiu Ingrid, e o abraçou enquanto ele chorava, a chuva caindo em mechas, pesada como cabelos, como algas marinhas, como um navio afogado por uma centena de mãos pálidas e perfeitas.

VALERIE MARTIN

VALERIE MARTIN é autora de onze romances, incluindo *Trespass*, *Mary Reilly*, *Italian Fever* e *Property*, quatro coletâneas de contos e uma biografia de São Francisco de Assis. Ganhou uma bolsa do National Endowment for the Arts e uma da John Simon Guggenheim Fellowship, bem como o Kafka Prize e um Orange Prize. Martin reside em Dutchess County, Nova York, e atualmente é professora de inglês no Mount Holyoke College.

IL GRIFONE

Na locadora de veículos de Arezzo recebemos, para nossa surpresa, um Mini Cooper. É um carro que já queríamos experimentar, e pegamos *l'autostrada* de bom humor. A paisagem se desenrola diante de nós como um livro infantil ilustrado, as cores saturadas, o céu salpicado de nuvens de algodão, a paisagem é um encanto de morros com plantações em camadas, vinhedos, olivais e, no alto das colinas e no azul pálido da distância, equilibram-se cidadezinhas. Chegamos a uma ponte e, quando a fina faixa de água aparece à nossa frente, dizemos ao mesmo tempo: "O Arno". Alguns quilômetros depois, avistamos a placa escrita à mão da fazenda dos nossos amigos. La Colomba, dizem as letras acima da seta pintada de vermelho que aponta adiante.

A estradinha de acesso é uma ladeira íngreme, rochosa, profundamente esburacada e impiedosa, que precisa ser enfrentada com a menor marcha possível. O Mini aceita sem reclamar. "Eu adoro este carro", diz Paul.

Subida, subida, depois curva. As paredes de alvenaria e o telhado da casa entram em nosso campo de visão. Agora eles podem nos ver, ou pelo menos a nuvem de poeira marrom que se ergue em torno de nós enquanto passamos de buraco em buraco, e saem da casa ao terraço para acenar, incentivando-nos. Sergio, o toscano impassível, e Livia, sua consorte romana. Uma última subida íngreme e uma curva fechada num caminho coberto e chegamos.

Corremos para cumprimentar os amigos aos gritos de "Finalmente!", beijos no ar, tapinhas nas costas. Faz tanto tempo, tempo demais, todos concordamos. Eles estão bem, ou bem o bastante; Sergio está com problemas nas costas e Livia se recupera de um ataque de bronquite. Nosso estado não é muito melhor, com as artrites dos joelhos de Paul e meus pulsos doloridos, mas não ligamos, é a idade. Poderia ser bem pior. Seguimos para o terraço, onde Livia deixou pratos de *antipasti*, garrafas de água mineral e o vinho tinto de sua própria fazenda. A visão é idílica; os vasos chamativos de gerânios, o vinhedo, os ciprestes emoldurando a cena de uma torre envolta em névoa numa colina distante. Falamos de tudo ao mesmo tempo: as crianças, todas já crescidas, o tempo, breves suspiros sobre política, a deles e a nossa, nosso passeio até ali, a viagem recente de Sergio à Tunísia. Ele está envolvido com uma empresa de construção por lá, embora nunca tenhamos conseguido descobrir exatamente o que Sergio faz. Ele é grande de todos os ângulos — ombros, braços, mãos, todos musculosos e poderosos por causa do trabalho no campo. Até seus pés são grandes. Sergio dá a impressão de sempre manter uma energia que poderia destruir o mundo se ele quisesse; mas na verdade é bondoso e gentil. Fala com os animais como se fossem amigos. Está nos contando sobre uma briga que tem com um vizinho, um romeno que aluga um pequeno terreno ao lado de seu vinhedo e parece conduzir algum tipo de negócio ilegal no celeiro de pedra. Enquanto fala, os olhos de Sergio passam por mim, uma vez, depois novamente, sem me encarar. Ou se recusando a me encarar.

Há alguma coisa errada. Pergunto do filho deles, Bernardo, um jovem ambicioso que estuda arquitetura em Londres, e Livia me passa um relatório. Sergio olha para ela, não para mim. Paul fica impressionado;

a universidade é famosa e concorrida. Sergio se volta para ele e conta uma anedota sobre a nova paixão de Bernardo pelo *pub crawl*. Eu rio junto, inclinando-me para pegar o copo e colocando-me de propósito no campo de visão de Sergio. Ele me mostra seu perfil.

Quando nos levantamos para levar a bagagem ao nosso quarto, Sergio vai com Paul à minha frente até a borda do terraço. Eu acompanho Livia, que me abraça quando nos separamos. "Estamos tão felizes por estarem aqui", diz ela com seu inglês cuidadoso.

No quarto, Paul larga a bolsa na cama e vai até a janela aberta. "Olha essa vista", comenta. "Parece uma pintura."

"Por que Sergio não olha para mim?", pergunto.

Paul se vira na minha direção. "Como é que é?"

"Ele não quis olhar para mim. E, quando nos abraçamos, ele ficou meio longe."

"Você está imaginando isso."

Paul sempre imagina que estou imaginando. Ele acha que, como escrevo histórias de mistério e assassinato, vivo estranhamente concentrada nas possibilidades mais sombrias de cada situação. Estou sempre em busca de um motivo ou de um enredo sinistro, por isso exagero o significado de respostas perfeitamente inocentes; espero o pior, e é o que encontro, mas a verdade é que Paul é completamente insensível à linguagem corporal; não percebe quando irrita um garçom ou um colega à mesa a ponto de as coisas piorarem tanto que o agredem abertamente e ele fica chocado. Ele é como um cão pastor afável, um tanto estabanado, não bobo, mas meio desatento, só deseja o bem a todos e espera o melhor. Ele e Sergio são amigos há trinta anos, antes mesmo de eu aparecer na vida dele. Quando Paul estudava restauração de arte em Roma, alugou um pequeno apartamento de Sergio e Livia. Fizeram amizade pela determinação de falarem um a língua do outro. O italiano de Paul é excelente; o inglês de Sergio é adequado, mas sofre de desuso. Ele espera ansioso a chance da prática proporcionada pela visita de seu velho amigo.

Então, não admira que Paul não tenha percebido a hesitação de Sergio, mas sei que alguma coisa está acontecendo. "Vou tomar banho", digo a Paul, mudando de assunto. "Você pode ir na frente e eu vou daqui a meia hora."

Paul concorda com o plano no mesmo instante, pois assim ficará sozinho com nossos amigos por um tempo, falando italiano. "Vou só me lavar bem rápido", responde indo para o banheiro. "Daí eu vou."

Depois que ele sai, abro a mala e pego uma blusa nova, meu kit de banho e um par de sandálias vermelhas que comprei em Milão. A área do chuveiro é o ralo de sempre, direto no azulejo, sem cortina, por isso o chão inteiro está molhado e escorregadio quando termino o banho. Penso em Sergio. Estaria ele me evitando conscientemente ou não tem noção de sua mudança de comportamento em relação a mim? Sinto-me coberta de poeira da estrada e me lavo com toda a atenção. Depois me seco com a toalha de algodão pouco absorvente, característica intrigante da vida italiana. Escovo os dentes e passo batom.

Há um pequeno terraço, depois alguns degraus ao longo da parede até a varanda ampla e coberta que sombreia por completo os fundos da casa. Ouço o italiano firme de Paul enquanto vou até as portas duplas abertas, depois o murmúrio baixo da voz de Sergio. Quando entro, consigo entender o que ele está dizendo. "Foi na Via Silla, não foi?", ele pergunta a Paul. "E o prédio tinha nome."

"Il Grifone", responde Paul. Entendo do que estão falando na mesma hora. Vinte anos atrás, Paul e eu moramos em Roma por um ano. Depois de uma busca longa e fascinante por moradia, ficamos com um apartamento iluminado e arejado no Prati, entre o Vaticano e o Castel Sant'Angelo. O prédio, que os italianos chamam de *condominio*, ganhou o nome de Il Grifone porque tinha o relevo de gesso de um grifo sobre a porta da rua.

Sergio muda para o inglês em consideração a mim, mas não me olha. "Isso. Il Grifone."

Em algum lugar no fundo de minha mente, no meu cérebro inquieto, como diria Paul, uma terminação nervosa vibra, uma microscópica carga elétrica de alerta.

"Mês passado eu estava em Roma", continua Sergio. "E num bar na Via Crescenzio esbarrei com um velho amigo de escola. Agora ele é *carabiniere* e o Prati é o território dele. Contei que eu tinha amigos norte-americanos que moraram na vizinhança quase vinte anos atrás. Ele ficou muito interessado. Quer saber o nome de vocês e onde exatamente ficava o prédio. Eu não tinha o endereço certo, mas me lembro das ruas transversais. Aí ele perguntou se o prédio se chama Il Grifone, e eu digo sim, acho que era isso."

"O que ele disse sobre o prédio?"

"Disse que houve uma explosão", conta Sergio. "Um velho se explodiu na cobertura com o fogão a gás. Deve ter deixado uma boca acesa e acendido um cigarro."

"*Signor* Battistella", suspirou Paul, virando-se para mim.

"Que horrível", eu comento. "Deve ter acontecido depois que nos mudamos."

Por fim, Sergio me lança um olhar longo e questionador; um olhar que mostra saber que eu sei o que ele vai dizer. "Aconteceu no dia em que vocês foram embora. Coisa de uma hora."

"Como é que seu amigo sabe disso?", pergunto.

"Houve uma investigação", responde Sergio. "Meu amigo fez parte da equipe. O *portiere* lembrou que a explosão aconteceu logo depois de os norte-americanos saírem."

"E concluíram que foi acidente", afirma Paul.

"Concluíram."

"Pensa nisso", Paul me diz. "Seu antigo inimigo explodiu pelos ares."

"Bom", respondo, "eu não gostava dele. E ele não gostava de mim. Todo mundo sabia disso."

"É", concorda Sergio. "Foi o que disseram para o meu amigo."

"Mas não estávamos lá", diz Paul.

"Não", ecoa Sergio, voltando-se para mim. "Não estavam."

Paul também me observa. "Parece uma das suas histórias", comenta ele.

Nesse momento, Livia vem da cozinha, carregando uma bandeja de frango banhado em azeite e alho. Nós a seguimos até o terraço.

"É dos seus?", Paul pergunta a Sergio, referindo-se ao frango.

"Os frangos pertencem à raposa", responde Sergio. "Mas ela divide alguns comigo."

Nosso *condominio* romano, construído no final do século xix, no que os italianos chamam de estilo "Liberty", consistia em quatro andares de apartamentos espaçosos e repletos de luz, dois por andar, pé-direito alto, janelas altas com venezianas nos dois lados, e piso de mármore que ficava fresco durante todo o verão e irradiava calor no inverno. Nosso apartamento ocupava metade do terceiro andar; os senhorios moravam acima de nós, no quarto andar. A cobertura era um pátio de concreto plano e branco que refletia o calor, onde nós, inquilinos, pendurávamos as roupas em varais que iam de um lado a outro, e subíamos até lá por uma escada estreita depois do elevador. As roupas secavam em tempo recorde.

Em nossa primeira e maravilhosa subida à cobertura, vagamos perto das beiradas, aproveitando as vistas desimpedidas; podíamos ver o Palazzo di Giustizia de um lado, a cúpula de São Pedro do outro, e, quando olhávamos para baixo, a movimentada rua comercial Cola di Rienzo, com seu fluxo constante de pedestres, *motorini*, carros e ônibus emitindo um rumor exuberante até chegar ao Tibre.

Era fevereiro, e nos parabenizamos por sair da tristeza gelada da Nova Inglaterra para o frio ameno e luminoso do inverno romano. Examinamos os varais: alguns exibiam agasalhos leves ao vento e lençóis molhados em profusão. "Acho que a gente usa qualquer um que esteja livre", eu disse a Paul.

"É notável a ausência de roupas íntimas", respondeu.

Passamos ao longo dos varais e saímos num espaço aberto. Diante de nós, enfiado no canto nordeste, um construtor em estado de delírio erguera um casebre de concreto com teto baixo e um único cômodo — talvez originalmente fosse só um depósito. Agora estava claro que era um apartamento na cobertura, coroado por uma atrevida antena de tv. Duas janelas pequenas e fundas, trancadas como numa prisão, serviam para deixar entrar o calor, mas não a luz.

"Será que alguém mora aqui?", perguntou Paul.

Em resposta, a porta de madeira verde desbotada estalou e rangeu, e uma criatura retorcida, com jeito de gnomo, com calças largas de algodão e suéter preto pesado, nos confrontou. Levou cuidadosamente um cigarro aceso aos lábios grossos e roxos e deu uma longa tragada, vertendo fumaça pelo nariz.

"*Buongiorno, signore*", disse Paul, o norte-americano afável.

A criatura não respondeu. Notei que seus olhos estavam vermelhos; e a pele, amarela, os poros dilatados pelo fumo. O cabelo grisalho era farto, enrolado acima da testa, e ele tinha um nariz curvo impressionante que começava bem no alto, entre as sobrancelhas pretas e grossas. Enquanto ele levava o cigarro aos lábios outra vez, Paul continuou em italiano: "Somos os novos inquilinos no terceiro andar; só viemos ver a *terrazza*, somos dos Estados Unidos".

Terrazza, pensei, era uma palavra elegante demais para aquela cobertura.

Mais serpentes de fumaça saíram do nariz quando o homem ignorou Paul e se virou para me inspecionar. Eu sorri educadamente. Ele esticou o queixo na minha direção, como se para me ver melhor. "*Puttana*", disse.

Puta. Eu sabia italiano o suficiente para entender.

Paul segurou meu braço com delicadeza e, sem falar, me conduziu para a escada do outro lado da cobertura. Eu o acompanhei de bom grado, mas olhei para trás e vi o homem me espiando com uma expressão calculista, tão sinistra que meu coração perdeu o compasso. Na segurança da escada, Paul disse: "Que cretino! O que ele está fazendo lá?".

"Ele é o grifo", respondi.

Paul bufou. "Bico ele tem, com certeza."

E assim passamos a chamar o *Signor* Battistella de "Il Grifone", para o divertimento de nosso senhorio e dos poucos amigos que fizemos no prédio. Meio águia, meio leão; no chão, no ar, todo predador, o tempo todo. Ninguém conseguia se lembrar de como ele havia chegado lá. Não era membro da associação do *condominio*, não pagava taxas ou impostos, até onde se sabia. Garantiram que ele era inofensivo, estava desempregado, talvez recebesse algum tipo de pequena pensão, era tolerado; sua presença era permitida daquele modo muito estranho que os italianos permitem a indigência e a pobreza em meio à sua riqueza. Quando Paul reclamou que ele havia me xingado, nossos vizinhos garantiram que não era nada pessoal. Ele era *maleducato*, termo abrangente que se traduz como *grosseiro*.

Fiquei várias semanas sem reencontrar o *Signor* Battistella, embora o tenha visto sair do mercado perto de casa, uma vez com um saco de tomates e uma caixa inteira de cigarros. Em outra ocasião, vi o homem entrar pelo *portone* enquanto eu pegava o elevador estreito e envidraçado. Apertei o botão com certa urgência e fiquei aliviada ao ser erguida e tirada de vista antes que ele chegasse à escada. Quando ia estender a roupa, eu escolhia o varal mais distante possível do casebre e pendurava meus lençóis e toalhas virada de costas para a porta dele, mas sempre sentia sua presença no prédio, lá em cima, maldosa, ameaçadora. O olhar que ele me deu quando Paul me levou embora permaneceu comigo, mas acreditei nos vizinhos; ele era inofensivo e eu era a intrusa, a forasteira, aquela que não entendia. Ele fazia parte de muitas coisas que eu não compreendia, um bom tanto era hostilidade inexplicável, às vezes alternada com demonstrações exageradas de gentileza e solidariedade. Ele era peça de um quebra-cabeça complexo que eu montava aos poucos. Aquela área escura no canto superior direito? O olho voraz de uma fera mítica.

Num lindo dia no começo da primavera, subi pouco antes de escurecer para recolher a roupa de cama que tinha pendurado de manhã. Como os outros varais estavam ocupados, fui obrigada a usar o mais próximo dos temíveis domínios de Il Grifone. Para minha surpresa, quando saí da escada, vi-o parado um pouco além dos meus lençóis, olhando a rua lá embaixo. O cigarro brilhava como um farol na luz crepuscular, traçando um arco dos lábios dele até o parapeito e voltando. Quando me aproximei do varal, ele se virou e resmungou alguma coisa que não entendi. Respondi com meu pedido de desculpas costumeiro por não falar italiano — *"Mi dispiace, parlo italiano molto male"*. Ele estreitou os olhos e deu um passo na minha direção, baixando a cabeça e endireitando os ombros de modo que tive a impressão de que ia me atacar. Ele não era chegava a ser grande, mas era robusto, e, quando me esquivei, o coração pulsando nos meus ouvidos, me preparei para o golpe. Ele parou, segurando o cigarro entre o indicador e o polegar, emitindo um latido que interpretei como risada. Então, passou por mim e seguiu em frente — tinha um andar pesado, não manco, mas um tanto desequilibrado — até a porta aberta do casebre. Pude ver, além dele, o fogo aceso no fogão; de resto, o cômodo estava escuro. Ele entrou sem olhar para mim, deixando a porta entreaberta. Recolhi a roupa às pressas, peguei minha cesta e os pregadores e desci para nosso apartamento espaçoso.

"Il Grifone estava no telhado", contei a Paul quando entrei. "Ele me assustou."

"O que ele fez?"

"Na verdade, nada. Ele falou comigo, mas não entendi. Aí ele riu de mim e voltou para aquela caverna horrorosa."

"Pobre coitado", comentou Paul. "Numa noite como esta."

"A noite está linda", concordei.

"Vamos a pé até a Piazza del Popolo e jantar no Da Cesare na volta para casa?"

"Seria perfeito", respondi.

Deixei a roupa na cesta e só cuidei dela no dia seguinte. Era uma tarefa quase inconsciente pegar um lençol, dobrá-lo, empilhá-lo no armário de roupas de cama e depois pegar outro. Eu tinha lençóis de algodão e um conjunto caro de linho italiano que havia comprado num impulso extravagante. Era sempre um prazer passar as mãos no linho fresco de costura a costura, dando uma sacudida para alisar as dobras. Quando ergui a primeira camada, uma coisa escura chamou minha atenção. Era uma mancha? Então notei outra nódoa preta próxima do meio. Dobrei o lençol por cima do braço para examinar as marcas de perto, embora já soubesse o que as tinha causado. Queimaduras de cigarro. Espalhadas de modo aleatório, cinco no centro, algumas perto da barra. Feitas com muito empenho; ele apertou o cigarro contra o pano até furá-lo, depois passara para o próximo.

Meu peito inchou de indignação, lágrimas arderam nos olhos. Entrei no escritório de Paul, onde ele datilografava na Olivetti que tinha comprado no Borgo Pio. Segurei o lençol diante dele. "Olha o que ele fez", eu disse.

Paul olhou por cima dos óculos, virando-se para mim devagar, a princípio sem entender do que eu estava falando. Abri o lençol por cima dos braços e, quando o fiz, ele viu um aglomerado de marcas de queimado. Suas sobrancelhas se ergueram de assombro. "O que aconteceu?"

"Ele queimou meus lençóis!", exclamei.

"Como sabe que foi ele?"

"Ora, por favor! Ele estava lá em cima me espiando quando fui recolher a roupa. Ele riu de mim."

Paul franziu a testa, perplexo. "Por que ele faria isso?"

"Porque ele é mau. E me odeia."

"Não entendi", insistiu Paul.

"Vai lá em cima e diz pra ele que sabemos que foi ele quem fez isso e que ele tem que pagar pelos lençóis!"

"Fica calma", disse Paul. "Você sabe que ele não tem dinheiro. E não dá pra provar que foi ele."

"Está dizendo que não acredita que foi ele?"

"Não. Eu acredito em você."

"Bom, o que dá pra fazer?"

O que podia ser feito era basicamente nada. Paul consultou o senhorio, que ficou tão perplexo quanto ele, e os dois concordaram que um confronto não seria benéfico para ninguém. Il Grifone negaria a acusação. Ele, explicou o senhorio, não estava em seu juízo perfeito, e era melhor não envolvê-lo em nenhum tipo de desentendimento aberto, já que não havia modo razoável de solucionar a questão. Talvez, concluíram os dois covardes conselheiros, tivesse sido um acidente e os comentários dele, que eu não havia entendido, tivessem sido um pedido de desculpas.

"Então eu jogo meus lençóis caros no lixo e finjo que não aconteceu nada", reclamei.

"Pietro acha que não vai acontecer de novo", concluiu Paul.

"Ah, é isso que Pietro acha?" Fui para minha mesa, furiosa.

Tracei um plano. Consultei minha gramática italiana e me certifiquei de que a frase simples fosse perfeitamente concisa e correta. Usei o pronome familiar; não havia nada de formal na minha queixa. *So che l'hai fatto. Sei que foi você.* Quando Paul foi ao mercado, peguei o lençol e dois pregadores de roupa e subi rapidamente a escada até a cobertura. Era uma manhã fria; o céu estava nublado e o sol era uma mancha branca tênue numa tela de cinza esfumaçado. Fiquei feliz ao encontrar a porta do covil de Il Grifone aberta e, ao passar por ela, vi-o de pé diante do fogão, o cigarro na mão, de costas para mim. Senti os joelhos se liquefazendo, e pude ouvir meu coração pulsar nos ouvidos, mas minha missão estava tão clara e meu senso de justiça fora tão incitado que não vacilei. Pendurei o lençol no varal mais próximo da porta dele, expondo os muitos buracos negros à luz.

Ele me ouviu e se virou para me olhar, embora não se aproximasse; em vez disso, recuou e se acocorou, pronto para o ataque.

Encarei a porta, meu lençol arruinado voando atrás de mim. "*Signore*", eu disse claramente. "*Signor* Battistella."

Ao ouvir seu nome, ele saltou para a frente, só um passo porta afora, a apenas um metro de onde eu estava. Seus olhos eram pretos e inexpressivos; a boca, aberta, como se ele tivesse acabado de acordar de um cochilo.

"*So che l'hai fatto*", continuei com clareza, apontando o lençol. "*So che l'hai fatto.*"

Ele soltou um grunhido, mas continuei firme. Então, abrindo as mãos, palmas à mostra, e puxando os cantos da boca para baixo, ele murmurou a sílaba "Boh". Reconheci o gesto consagrado de indiferença e desprezo. Paul o traduzia de várias maneiras: "Fazer o quê", "É assim mesmo" e "E daí".

Recuei. A coragem me abandonou. Fui depressa até a porta e desci a escada correndo. Entrando no apartamento, apoiei as costas na porta, as mãos nos joelhos, e por um longo tempo fiquei ali, respirando devagar e profundamente, para me acalmar. Estava orgulhosa de mim mesma e convencida de que ninguém além de meu inimigo e eu saberíamos do ocorrido. Nossa inimizade estava declarada.

Eu sabia que eu era a parte inocente, que não tinha provocado Il Grifone primeiro, mas também sabia que Paul considerava típico de mim arranjar um inimigo, tão cedo e tão às claras. Eu pensava, escrevia, entretinha a mim mesma e ao meu público leitor com os modos pelos quais pessoas perfeitamente comuns podiam ser levadas à violência. Assassinato é o meu negócio. De vez em quando, em entrevistas, eu explicava que, para uma escritora como eu, cuja imaginação procura naturalmente as opções mais sombrias, meus livros são como um aviso, porque personagens motivados por interesse próprio delirante, por visões de vingança ou só por amor ao caos nunca planejam as coisas direito. Tenho muito menos probabilidade de cometer um crime, pois já pensei em todas as formas de como ele pode dar errado, e em como é inevitável que um detetive inteligente encontre o diabo nos detalhes.

Quando me aventurei a ir de novo até a cobertura, o lençol tinha sumido. Talvez Il Grifone o tenha usado, seu couro animal indiferente aos buracos de queimadura. Limitei minhas roupas ao outro lado e tive o cuidado de ficar fora do campo de visão da porta dele. A mensagem tinha sido bem clara — ele não queria me ver —, e o sentimento era mútuo.

Passaram-se muitos meses sem que eu pensasse em Il Grifone, acocorado ali junto do fogão. Nossa vida romana era corrida e agitada. Minha crença de que residir na Cidade Eterna resultaria magicamente em meu domínio fluente do italiano arrefeceu. Experimentei aulas particulares, em grupo, vi comédias na TV, li livros infantis, mas meu progresso foi dolorosamente lento. A primavera fresca sucumbiu ao verão abafado, e o sol batia na minha mesa com tanta ferocidade que apagava as poucas frases que eu conseguia escrever na página. Desisti das longas caminhadas até o Orto Botanico no Trastevere e me limitei a ir e vir rapidamente da *gelateria* mais próxima. Voltando de uma dessas excursões, o suor escorrendo pela testa debaixo do chapéu de palha, o pó da rua incomodando os dedos dos pés nas sandálias de couro, acenei para Edgardo, nosso *portiere*, sempre em seu posto observando as idas e vindas dos moradores, e subi os poucos degraus largos até as portas do elevador. Pude ouvir as engrenagens antigas rangendo enquanto a cabine descia do quarto andar, de acordo com o botão de luz.

Ouvi um grito, seguido de uma torrente de italiano. Uma voz aguda, jovem e feminina, enfurecida. Veio da cabine, que descia rapidamente diante de mim. Vi os pés dos ocupantes primeiro, as sandálias e panturrilhas fortes e torneadas de uma menina, os sapatos gastos de couro preto e as barras esfarrapadas da calça de um homem, que logo se revelaram como o *Signor* Battistella e uma menina de uns 12 anos, que eu tinha visto algumas vezes, geralmente na companhia dos pais. Eles moravam no apartamento da frente, no quarto andar. Quando a gaiola de ferro terminou de descer, a menina abriu a porta e passou correndo por mim, desceu os degraus e saiu para a rua. Il Grifone ficou no elevador, a cabeça abaixada, rindo baixo e estalando obscenamente os lábios ao erguer o olhar para mim. Recuei, tomada por um horror que me deixou sem palavras. Ele saiu da cabine, irradiando um fedor de pele suja e fumaça de cigarro, e passou por mim sem voltar a me olhar. Uma palavra saltou dos meus lábios, primeiro em meu idioma, depois em italiano. "Monstro", murmurei. Então, com veemência, "*Mostro!*". Ele não parou. Na escada, virou-se para a rua e desapareceu de vista.

Fiquei lá, tremendo de raiva, o coração pulsando nos ouvidos, incapaz de me mexer. Eu sabia que não ia entrar no elevador. Depois de alguns instantes, ouvi uma campainha vir de cima, as longas correias que pendiam frouxas no túnel escuro entre os andares se esticaram e a cabine sacudiu e rangeu ao começar a subida para acomodar outro passageiro. Eu me afastei da gaiola de ferro e rastejei devagar pelos três lances de degraus largos de mármore que levavam ao nosso apartamento.

Paul estava lutando com uma bandeja de gelo na pia da cozinha estreita. Parei à porta, ofegante por ter subido a pé. "Estou fazendo café gelado", anunciou sem se virar para mim. "Quer?"

"Alguém tem que dar um jeito naquele homem. Eu o peguei molestando uma criança no elevador."

"O *Signor* Battistella?", perguntou ele calmamente.

"Quem mais?"

"Achei que você não entraria no elevador com ele."

"Não entrei. Eu estava no saguão e ouvi a menina gritar, depois ela falou com ele com muita raiva. Quando chegaram ao chão, ela fugiu o mais rápido que pôde, e ele ficou ali, babando e rindo. Parecia bem feliz consigo mesmo."

"Então você não viu o que ele fez."

"Não precisei ver. Vi a criança. É a menina que mora no andar de cima. Ela não deve ter mais que 12 ou 13 anos."

"O nome dela é Giulia. A mãe é advogada." Paul sabia muito sobre nossos vizinhos no prédio. Fizera amizade com Edgardo, que o mantinha informado.

"Acho que precisamos chamar a polícia", eu disse.

"E dizer o que pra eles?" Paul estava vestindo seu manto de indiferença tranquilizante, o que sempre me enfurecia. "Que você ouviu uma adolescente gritando no elevador?"

"E dizer pra eles que tem um pedófilo morando na cobertura e crianças sendo molestadas no elevador."

"Se fosse mesmo o caso, você acha que ninguém teria percebido até agora? Faz muitos anos que ele mora lá." Na frase seguinte, eu sabia que ele diria quanto tempo fazia que morávamos ali. "E nós só estamos aqui há, o quê, oito meses."

"Precisamos pelo menos contar pra mãe da menina."

"Você quer dizer que *eu* preciso contar pra mãe da menina."

"Bom, eu não consigo. Você sabe."

"Se a Giulia estivesse com raiva, como você diz, não acha que ela contaria à mãe?"

"Não dá pra gente simplesmente não fazer nada e pronto", protestei. "É uma criança, não um lençol!"

"Pat, seja razoável. Não posso ir até lá, bater na porta e dizer: 'Minha mulher acha que sua filha pode ter sido molestada pelo velho da cobertura. Achei que você gostaria de saber'."

"Não entendo por que não pode."

"Porque você não viu nada. Está imaginando. E você odeia aquele cara."

Por mais que me incomodasse, entendia o que ele queria dizer. Eu não tinha nenhuma prova. Assim como não tinha prova no caso do lençol, embora Il Grifone fosse obviamente o culpado. Paul ficou franzindo o rosto para mim, a boca apertada numa linha fina de resistência. Foi num desses momentos que eu soube que ele não confiava em mim, porque eu ganhava a vida criando tramas mirabolantes. Ele achava que minha imaginação afetava minha capacidade de distinguir a realidade da fantasia. "Não estou inventando nada", declarei com firmeza, e não era a primeira vez.

Mais tarde, no mesmo dia, quando Paul saiu para fazer compras, subi até a cobertura para recolher algumas roupas que ele havia pendurado de manhã. Esse era meu pretexto. Estava tomada por um forte desejo de ver o monstro em seu covil. O sol deslizava pela parede quente do céu azul, e o vento vespertino que os romanos chamavam de *ponentino* bagunçava meu cabelo e refrescava meu rosto. Fui até o parapeito e olhei para a cidade antiga espalhada em sua serenidade, desmoronando eternamente por sobre as sete colinas; era uma vista que nunca deixava de aliviar e confortar meus olhos. Virei-me de costas para a parede baixa e encarei a fachada feia do refúgio de meu inimigo.

A porta estava aberta e, de onde eu observava, podia notar que o casebre estava vazio. A velha cadeira de praia de plástico do lado de fora, um posto que Il Grifone às vezes ocupava, estava dobrada e largada no concreto. Dei alguns passos até chegar perto o bastante para ver dentro. O sol estava num ângulo tal que lançava longas faixas de luz pela grade da janela e pelo chão de concreto. Dei mais um passo, depois outro, pronta para fugir. A porta que vinha do quarto andar ficava do outro lado da cobertura e era pesada; eu a ouviria a tempo de correr de volta ao meu varal sem cruzar o caminho dele.

O interior do casebre era mais largo do que fundo, e havia uma segunda janela com grade na parte de trás, invisível a partir da cobertura. Abaixo dela, uma das pernas de uma cama de ferro estreita com um colchão fino e nu estava apoiada num tijolo, de modo que parecia cair contra a parede. Uma coleção sortida de sacos de plástico e de papel, jornais, potes de plástico e algumas meias se espalhava pela superfície do colchão como continentes num mapa. De um lado, um pires cheio de guimbas de cigarro transbordava para o chão. Uma mesa de metal, coberta por alguns potes, pratos, uma panela de ferro, mais recipientes de plástico e mais dois pires sobrecarregados de bitucas, ficava embaixo da segunda janela com outra cadeira de plástico. A terceira parede era a cozinha: uma pia apoiada em pernas finas de ferro, uma geladeira pequena enferrujada com uma TV portátil antiga em cima e um fogão a gás de duas bocas, que, embora pequeno, era grande demais para o cômodo. O lugar era tão estreito que mal havia espaço para me virar. *Praticamente um armário*, pensei. Cinco passos para dentro, cinco passos para fora. Não se ia além disso em nenhuma direção.

Então notei uma coisa muito estranha: uma das bocas do fogão estava acesa. A pequena chama infernal no forno que era aquele casebre fez com que gotas de umidade se acumulassem na minha testa. Por que ele deixaria o fogo aceso naquele clima?

Antes que eu tivesse tempo para considerar as possibilidades geradas por essa pergunta, ouvi o barulho da porta da cobertura. Sem pensar, corri pelo piso de concreto até a roupa lavada, que farfalhava à brisa fraca do outro lado. Pude ver suas pernas e sapatos quando ele passou pela parede lateral de seus domínios deprimentes. Ele não sabia que eu estava lá.

Meu último encontro com Il Grifone me abalou profundamente. Era outono, uma tarde radiante e fresca que provocava o surgimento espantoso e colorido de echarpes de caxemira em torno do pescoço dos transeuntes romanos, tanto homens quanto mulheres. Eu havia subido à cobertura para pegar algumas camisas de Paul que eu tinha estendido; ainda estava quente para vestir algodão, e a maravilha das nuvens e raios de sol sobrepondo faixas alaranjadas, vermelhas, ciano, até linhas finas de verde e ocre, me levou por entre os longos corredores das toalhas e lençóis úmidos dos vizinhos. Queria ver se a espada em riste do anjo no Castel Sant'Angelo estava tocada pela cor, e de fato estava; parecia feita de ouro reluzente. *Maravilhoso*, pensei, voltando-me para o outro lado para ver a cúpula de São Pedro.

Dois varais adiante, lá estava Il Grifone, afundado na cadeira de praia que havia encostado na parede, obviamente para contemplar a beleza do pôr do sol, o rosto voltado para a cúpula. O fato de compartilharmos a apreciação da vista mágica amoleceu meu coração, mas só por um momento. Enquanto eu observava, ele levou o cigarro eternamente aceso aos lábios e voltou devagar os olhos frios para mim. Notei que sua outra mão estava se mexendo, virando alguma coisa no colo, embora ele não a olhasse. Olhava para *mim*. A fumaça saiu do nariz e da boca, flutuando em minha direção na brisa leve. Minha mente vibrava, absorvendo o que eu via, considerando o que deveria dizer, fazer, mas não conseguia me mexer nem falar. Ele percebeu que eu estava paralisada, e isso o agradou. Sua boca entreaberta, a língua deslizou para fora, cinzenta, grossa e seca. Os olhos se abrandaram; ele inclinou a cabeça para mim. "*Signora*", murmurou. "*Signora*."

Não *puta*, pensei. Então, progresso. Eu deveria falar com ele? Seu olhar pousou no meu rosto, um tanto sonhador, quase gentil. Eu poderia dizer: *Que noite linda*, pensei. *Che bella serata.*

Mas não disse. No momento seguinte, aqueles olhos, cravados nos meus, olharam para seu colo, sinalizando para que eu os acompanhasse. Suas calças surradas estavam abertas, revelando a mão, que não havia parado de se mexer, envolvendo a haste rígida e inchada do pênis. A ponta rosa, lisa, com aparência espantosamente saudável, pareceu piscar para mim com seu único olho. Recuei um passo e levei a mão à boca, inalando desesperadamente o ar para não cair. Ele inclinou a cabeça para trás e revirou os olhos, que perderam o foco enquanto ele murmurava: "*Puttana, puttana*".

Virei as costas e saí cambaleando, passando pelas fileiras de toalhas e lençóis até a porta, a mão ainda cobrindo a boca com firmeza. Abri-a e desci os poucos degraus até o patamar. O elevador estava subindo, sem dúvida os vizinhos com a filha jovem, minha companheira de indignação. Eu não queria vê-los, por isso desci mais um lance de escada até nosso apartamento. Percebi que tinha deixado a cesta e as blusas de Paul na cobertura e jurei que não seria eu quem as buscaria. Apertei com força a campainha, satisfeita pelo grito estridente que ela soltou. Não parei até que Paul abrisse a porta.

Ficamos sentados à mesa, conversando, bebendo, comendo, até a lua estar alta e as estrelas brilharem no céu. Por fim, Livia e eu nos levantamos para levar os pratos e Sergio trouxe a *grappa*. Agora eles têm uma máquina de lavar louça, uma inovação desde nossa última visita, e cuidamos rapidamente dos pratos e tigelas, conversando na combinação de inglês e italiano que aperfeiçoamos ao longo dos anos. Na volta, os homens conversam em italiano e a garrafa de *grappa* já sofreu uma perda considerável de conteúdo. Paul olha para mim, a expressão nublada, mas não pelo álcool; há alguma coisa gelada em seus olhos, algo que não reconheço. No momento seguinte Sergio faz um comentário que o diverte; ele ri e os dois voltam educadamente ao inglês.

Estou satisfeita e sonolenta, mas fico sentada por alguns minutos enquanto Sergio avisa que não devemos nos alarmar se ouvirmos tiros disparados durante a noite — ele está em guerra com um javali que vem atacando furiosamente o olival. Livia reclama que terá de cozinhar *la bestia*, processo que leva vários dias. Finalmente, peço licença e, pegando a lanterna pendurada num prego perto da escada, volto ao nosso alojamento.

Tinha me lavado, vestido a camisola e estava quase terminando de desfazer a mala na cômoda quando Paul entra carregando uma cesta de pão, leite e café para o café da manhã. Sem falar, ele a deixa na mesa perto da janela e guarda o leite na geladeira.

"Livia parece cansada", comento. "Acho que ela não se recuperou da bronquite."

Ele fecha a porta e me lança um olhar que não consigo interpretar. "Você deixou a echarpe para trás de propósito, não foi?"

"Do que você está falando?", respondo. Mas, vagamente, acho que sei.

"Quando saímos de Roma. Estávamos no carro, prontos para ir, e você teve que correr de volta para o apartamento porque deixou uma echarpe."

"Que memória ótima."

"Sergio me contou mais sobre o que o amigo dele disse."

"Sobre ll Grifone?" Eu me ocupo em dobrar um suéter e guardá-lo cuidadosamente na gaveta.

"Edgardo viu você entrar. Ele estava perto do elevador. Percebeu que você subiu até o quarto andar."

"Pelo amor de deus, foi há vinte anos. Como ele poderia se lembrar? Eu com certeza não lembro."

"É claro que ele se lembrava por ter achado estranho, já que morávamos no terceiro. Depois ele viu você descer a escada muito rápido e correr para o carro. O *Signor* Battistella chegou do mercado uns minutos depois, pegou o elevador até a casa dele e explodiu."

"E isso prova..."

"Por que você foi até o quarto andar, Pat?"

"Bom, vamos ver. Que tal isto: Pietro era meu amante e eu queria dar um beijo de despedida. Ou talvez eu tenha apertado o botão errado no elevador. Ou a gente pode tentar dizer a verdade, que é: eu não fui até o quarto andar. Fui ao nosso apartamento, peguei a echarpe e desci os degraus porque outra pessoa, não eu, estava no elevador, indo até o quarto andar para explodir o desgraçado na cobertura."

"Não estou brincando, Pat", diz Paul friamente. "Você teve tempo e tinha motivo. Você odiava aquele homem."

"E com toda a razão", eu replico. "Mas isso não me torna uma assassina."

Paul ergue os olhos até os meus e vejo que estão molhados de lágrimas.

"Ah, pelo amor de deus", digo. "Você acredita nisso."

"Não sei no que acredito. Eu queria que Sergio nunca tivesse me contado."

É aí que entendo o que aconteceu. Embora eu não tenha mudado, Paul nunca mais me verá da mesma forma. Essa minúscula semente envenenada que Sergio plantou vai se transformar numa árvore gigantesca de desconfiança. Qualquer coisa que eu diga só servirá para aumentar a suspeita de Paul. Agora, nossa vida se passará à sombra de Il Grifone. Eu o imagino, o demônio oscilante no alto do prédio, mexendo sua comida venenosa e borbulhante no fogão a gás numa cozinha mais quente que o inferno de Dante. Lágrimas ardem e inundam meus olhos. "Não sou assassina", insisto.

Paul, vendo minha aflição, cede, abre os braços e me envolve num abraço de bondade exausta.

"Não sou assassina", repito, soluçando em sua camisa.

Ele me abraça com força, roçando os lábios no meu pescoço, mas não diz que acredita em mim.

Um tiro ressoa do olival. Depois outro.

Era uma echarpe de caxemira que eu tinha comprado numa visita a Lucca, uma coisa linda: macia e larga, com dupla face, roxo-escura de um lado, lilás do outro. Eu a havia deixado no mancebo da entrada quando vesti o casaco para ir até o carro com outra mala. Enquanto estávamos estacionados numa vaga ilegal, Paul subiu para pegar a última bagagem e eu esperei na rua. Quando ele reapareceu, Edgardo saiu da sala para falar com ele e os dois se despediram no saguão. Fiquei olhando para a rua e vi Il Grifone, ou melhor, as costas de Il Grifone, virando a esquina. *Saiu para comprar cigarro*, pensei. Foi quando me lembrei da echarpe. Quando Paul saiu do *portone*, passei por ele: "Esqueci a echarpe". Cumprimentei Edgardo no patamar e entrei no elevador, e apertei o botão do quarto andar. Vi os andares passarem por mim, não havia ninguém por perto, abri a gaiola, fui até a porta e subi a escada estreita pela última vez.

Fazia frio cortante com uma brisa suave. Os varais estavam todos vazios; tinha chovido de manhã. Cheguei ao terraço de concreto e o sol apareceu para me cumprimentar. Fui diretamente até a porta do casebre miserável de Il Grifone, que estava, como num conto de fadas, escancarada. Lá dentro, pude ver o fogo cintilando no fogão, a única luz na penumbra. Ocorreu-me que um sopro de vento poderia fazê-lo explodir facilmente. Na verdade, ele assumia um grande risco deixando-o aceso, obviamente, o tempo todo. Era para acender os cigarros?

Um sopro o faria explodir, pensei. Nem mesmo uma única mão com luva precisaria girar o botão. Só um sopro. Olhei o terraço vazio e estéril à minha volta. Tudo o que eu podia ver daquela posição era o céu luminoso, as nuvens se dissipando rapidamente. Eu me concentrei mais uma vez na pequena chama. Só um sopro, pensei. Cinco passos para dentro. E cinco para fora.

SHEILA KOHLER

Sheila Kohler é autora de dez romances, três coletâneas de contos e, mais recentemente, um livro autobiográfico, *Once We Were Sisters*. Ganhou dois prêmios O. Henry e foi incluída na lista The Best American Short Stories duas vezes. Suas obras foram publicadas em treze países, e ela é professora nas universidades de Columbia e Princeton. Seu romance *Cracks* foi adaptado para o cinema e dirigido por Jordan Scott, filha de Ridley Scott.

MISS MARTIN

I

Quando Diane volta do internato, no verão, encontra o pai esperando por ela no ar estagnado da tarde. Diane geralmente vai andando até a casa tranquila na cidade numa alameda sombreada em East Hampton, mas hoje o pai está de jeans apertado e chapéu panamá à sombra de uma árvore, diante da escada da estação.

"Ah, aí está você, Gatinha", diz, o rosto fino se iluminando, quando ela desce da plataforma, arrastando a mala chique. O pai de Diane a chama de Gatinha ou às vezes Gatuna por causa dos olhos escuros e sutis, afirma ele. Diana sabe que, na mesa do escritório, numa moldura oval prateada, ele tem uma foto dela de quando era uma menininha com cachos loiros e tiara.

Diane sabe que o pai é considerado bonito, com seu belo perfil, o nariz delicado e pontudo, embora tenha perdido muito cabelo. Ele usa chapéu panamá durante todo o verão para proteger e esconder a calvície.

Alto e esbelto, age rapidamente para pegar as malas e beijar com força as bochechas da filha. "Estou muito feliz por estar em casa", fala, olhando-a nos olhos.

Ela responde educadamente: "Obrigada por me buscar", enquanto ele coloca a bagagem no porta-malas do velho Mercedes cinza, apesar de achar que, na verdade, ele tenha vindo para repreendê-la na privacidade do carro. Receia que a senhorita Nieven, a diretora, tenha mesmo ligado para ele do internato, como ameaçou fazer. E se decidirem expulsá-la?

Seu pai, advogado, tem conceitos muito rigorosos sobre o que é certo e errado e discorre com frequência sobre os males do mundo: políticos desonestos, corrupção no governo e esposas infiéis, sempre em tom chocado e zangado.

Mas, quando ela entra no carro conhecido e o pai liga o motor, ele não fala nada sobre a escola. Em vez disso, vira-se para ela e confessa, como quem pede desculpas, que a reforma da casa não estava pronta.

"Disseram que terminariam semanas atrás, mas é claro que ainda estão trabalhando lá", avisa o pai, falando do mezanino que mandou construir numa das laterais da casa. "Ainda não instalaram as escadas", acrescenta, olhando ansioso para ela com seus olhos juntos e intensamente azuis.

"Ela gostou?", pergunta Diane, referindo-se à segunda mulher do pai. É a primeira vez que Diane estará em casa sem a mãe e com Miss Martin — Diane sempre pensa nela como Miss Martin —, a ex-secretária de seu pai e atual esposa.

Ele olha para ela um tanto impaciente e franze os lábios finos como se a pergunta fosse irrelevante.

"Não, ela diz que parece mais uma senzala", responde com sarcasmo e uma careta, dirigindo habilmente pela Town Lane, desviando dos carros, nuvens pálidas desaparecendo no céu.

Diane apenas olha para ele e imagina por que se incomodou em gastar dinheiro reformando a casa agora que sua mãe não está mais lá. Ela pensa na avó materna de Kentucky dizendo: "É como fechar a porta do estábulo depois que o cavalo já fugiu".

Seria simplesmente por despeito?

O pai de Diane é de uma tradicional família da Nova Inglaterra, na qual a frugalidade é valorizada e a ostentação da riqueza é vista com maus olhos. Diane sabe que ele não gosta de gastos desnecessários. Embora seja mais do que generoso com ela às vezes, ele é basicamente o econômico que, apesar do excelente salário no escritório de advocacia e da herança, nunca pega táxi e diz em tom depreciativo que a primeira classe do avião é "para gente com traseiro gordo". O pai de Diane não tem traseiro gordo, ela sabe. Ele se mantém em forma correndo por uma hora às seis da manhã e comendo pouco.

A mãe dela sempre quis construir um mezanino. Ela sempre achou a casa de dois quartos pequena demais, apertada demais, claustrofóbica. "Parece um *barco*!", dizia, exasperada — Diane pode ouvir o desgosto na voz da mãe ao dizer "barco", como se estivesse citando uma coisa muito pior e usando alguma outra palavra indizível.

Quando o pai desliga o motor do carro na frente da casa revestida de madeira branca, ele olha para o pequeno Renault vermelho estacionado ali e sussurra: "Já aviso que as coisas estão um tanto desorganizadas. Precisamos ser pacientes, Gatinha".

Ela fica ao lado dele à sombra da magnólia, pouco à vontade, olhando a casa com certa apreensão.

Encara a janela da mansarda coberta por trepadeiras de seu pequeno quarto e pensa no dormitório ensolarado e grande na escola, que divide com outras duas meninas e onde arruma sua cama estreita com perfeição, dobrando os cantos do lençol e alisando o cobertor xadrez de cores vivas por cima. Ela tem uma única estante pequena ao lado da cama com seus livros favoritos, que organizou desde que era bem pequena em ordem alfabética. Diane pensa na professora de história que lhe deu 10 por seu artigo sobre regicídio — escreveu sobre Carlos I, Luís XVI, e Nicolau II da Rússia. A senhora Kelly leu o artigo para a turma como exemplo de trabalho excelente. "Ouçam o escopo deste artigo!", disse, enquanto Diane sentia o rosto ruborizar. O que a senhora Kelly dirá agora se souber o que Diane fez? E se ela nunca puder voltar para as aulas de história?

Diane olha fixamente para a casa coberta de trepadeiras, com suas janelinhas de mansarda, onde viveu a vida inteira, como se nunca a tivesse visto antes, hesitando em entrar até que o pai diga: "Vem, Gatinha. Temos que enfrentar a bagunça", e entram juntos na sala, o pai carregando a mala.

II

A primeira coisa que Diane faz é subir a longa escada encostada à parede da sala de jantar, indo para o sótão alto, acima daquele cômodo e da cozinha.

"Uau!", exclama ao chegar, parando na parte do sótão onde o teto inclinado é mais alto. "Daria para acomodar aqui em cima." Ela espia a extensão do aposento longo e baixo, depois olha pela porta aberta para o pai que a observa lá do andar inferior.

Ela pensa na mãe, repetindo que o espaço acima da cozinha e da sala de jantar era desperdiçado. Dizia isso, Diane entendia, tentando persuadir o pai; dizia que assim, se quisesse, Diane poderia levar muitos amigos para dormir lá no verão, quando todo mundo gostaria de ficar em uma casa perto do mar. Seria bom para ela. Diane, apesar da casa perto do mar, nunca recebeu muitos amigos. Ela é quieta, tímida e estudiosa demais para fazer muitas amizades. Não é das alunas mais populares da escola. Gosta de passar os feriados sozinha no jardim pequeno e sombreado dos fundos, com as rosas brancas que sua mãe cultivava em vasos azuis brilhantes, só lendo ou nadando no mar.

Às vezes, Diane achava que a mãe queria colocá-la no dormitório do sótão para poder ter um cômodo onde trabalhar em seus livros, ou até mesmo dormir sozinha, se tivesse vontade. Muitas vezes, ao descer para o café da manhã, Diane encontrava o pai dormindo no sofá de couro da sala. Ele a via descer as escadas e suspirava tristemente, encolhendo os ombros como se dissesse: *Viu como sua mãe me trata?*

"Venha aqui embaixo dar um oi", o pai grita para Diane. "Tome cuidado, Gatinha, desça de costas", diz o pai, segurando a longa escada enquanto Diane desce rapidamente para a pequena sala de jantar ligada à de estar.

Ela espera que Miss Martin venha da cozinha com sua saia justa e escura, aquela com a fenda na parte de trás, e uma xícara de café delicioso e cremoso nas mãos, como faria se ainda fosse secretária de seu pai.

Mas, para surpresa de Diane, Miss Martin não está na cozinha batendo um suflê e deve estar no andar de cima, num dos quartos. Logo ela desce a escada com leveza e entra na sala apertada, com o excesso de móveis vitorianos, as cadeiras forradas de chita rosa, o sofá de couro e a grande lareira. Miss Martin parece alta demais para o cômodo de teto baixo e sorri de um jeito bobo.

Ela, Diane descobrirá mais tarde quando for estudar na França, é o que os franceses chamam de mulher bonita/feia. Tem um perfil marcante, nariz grande, lábios carnudos e maçãs do rosto salientes. O cabelo escuro e lustroso, que no escritório ficava habilmente enrolado e preso na nuca, agora se espalha rebelde em torno do rosto, apesar do estranho tipo de laço de *Alice no País das Maravilhas* que circunda a cabeça, como se ela fosse criança. A maquiagem, Diane percebe, mudou. Embora Diane ainda não use nada, já que seu pai prefere assim, ela vem estudando o assunto. No escritório, Diane notava que a maquiagem de Miss Martin era impecável: o batom rosa discreto, o rímel levemente azul ecoando a cor de seus olhos claros, a base perfeitamente lisa e leve. Agora, tornou-se subitamente violenta: ela tem lábios vermelhos brilhantes, rímel escuro e base carregada.

Não veste saia, mas um vestido longo e solto com muitas flores em vermelho-vivo que, para Diane, não lhe cai muito bem. Parece estar usando um perfume forte.

Ela não aperta a mão de Diane com firmeza como fazia no escritório, mas se inclina para a frente e parece quase desabar sobre a menina. Ela a envolve num abraço enorme, pendurando-se em Diane como se não pudesse se sustentar de pé sozinha. Dá um beijo úmido, que Diane fica tentada a limpar da bochecha. Por que esse beijo agora? Diane detesta contato físico com estranhos. Miss Martin diz: "Meu Deus, como você cresceu! Uma mocinha! Adorei seu cabelo assim!". Diane cortou o cabelo loiro bem curto, como o de um menino. Ela apenas olha para Miss Martin, horrorizada.

Há um momento de silêncio constrangedor. Então, Miss Martin ri de modo infantil e pede que os dois relaxem; ela vai trazer o almoço num instante. Diane está com fome, pois não teve tempo de tomar o café da manhã antes de pegar o primeiro trem, e imagina que Miss Martin, apesar do traje estranho, fará algo esplêndido para esse primeiro almoço juntos.

III

Diane ouviu falar de Miss Martin antes de conhecê-la. Miss Martin era, disse o pai de Diane, sorrindo satisfeito, "a secretária perfeita; lembra--se de tudo, mas é absolutamente discreta; sempre está por perto quando você precisa dela, nunca quando não precisa".

Miss Martin andava pelo escritório do pai com a blusa de mangas compridas perfeitamente passada, as meias lisas e macias nas pernas longas fazendo um murmúrio sedutor enquanto andava. A primeira vez que Diane a viu, quis tocar nas meias e talvez até nas pernas esbeltas que pareciam se prolongar para sempre.

Diane ficou fascinada na mesma hora com a eficiência óbvia de Miss Martin, a organização de sua mesa, e seus sapatos de couro envernizado e saltos muito altos, que batiam com autoridade no piso de madeira. Ficou fascinada com a agilidade com que ela se movia em torno de seu pai, a velocidade com que atendia ao telefone, como se arrancasse uma erva do jardim, e a maneira enfática como pronunciava o nome do escritório de advocacia. Diane presumiu que Miss Martin fosse inglesa até o pai dizer que era da África do Sul. "Albee, Melbourne e Morton", dizia ela em tom de comando, como se anunciasse os regimentos de um exército. O pai de Diane é o *Morton*.

"Por que colocaram seu nome por último?", perguntou Diane certa vez.

"Ordem alfabética", respondeu o pai rapidamente. Diane gostaria de saber se era verdade.

IV

Diane e o pai sentam-se de frente um para o outro nas poltronas cor-de-rosa na sala escura ao lado da lareira vazia no ar abafado do verão. A casa não tem ar-condicionado — "desperdício de energia", diz o pai. Ao longe, podem ouvir o som fraco das ondas. A casa não fica distante da costa. O pai de Diane adora o mar e ainda gosta de levar a filha para lá às vezes, no crepúsculo, de carro.

"Como está a escola? Ficou com saudades de mim?", pergunta ele.

Não há muito que Diane possa dizer nessas circunstâncias, e de todo modo o pai nem parece ouvir. "Tudo bem. Tirei 10 em tudo." Ela olha para a sala ao seu redor. Nunca teve problemas na escola antes disso. Ela adora as aulas, a maioria dos professores, e sempre tirou as melhores notas da classe.

Há um momento de silêncio, e Diane percebe que a foto dela e de sua mãe, que sempre ficava em cima da velha cômoda inglesa, desapareceu. "A foto!", ela diz para o pai, que encolhe os ombros e parece um pouco envergonhado.

"Pusemos no andar de cima, no seu quarto, Gatinha."

Diane está prestes a dar uma resposta grosseira, mas decide que é melhor calar, considerando a situação.

Foi sua mãe que, com considerável dificuldade, persuadiu o pai a mandar Diane para um internato feminino seleto em Connecticut, que custa, como diz o pai, "uma fortuna".

"No fim você vai economizar dinheiro, já que ela não vai estar aqui para você mimá-la até dizer chega", disse a mãe, olhando-o com severidade. Apesar da educação parcimoniosa, o pai de vez em quando comprava presentes caros das lojas chiques de East Hampton para Diane: suéteres macios de caxemira em tons pastel, pulseiras de ouro, uma vez um bracelete com pingente de coração.

Ele protestou, ficou amuado, perguntou se ela não o amava mais, insistiu que a escola servia apenas para os esnobes, ricos e privilegiados, e finalmente a levou para lá, mantendo silêncio por todo o caminho, quando ela partiu pela primeira vez, aos 13 anos. Ele continuou parado na frente da escola depois que todos os outros pais tinham ido embora. Ela o observava da janela do dormitório, parado no carro, o sol se pondo entre os velhos carvalhos no fim da pista de carros que leva à entrada da escola, os ombros tremendo. Ela esperava que ninguém mais tivesse visto o pai chorar.

Espera-se que ela contribua com as mensalidades exorbitantes da escola, da maneira que puder. ("Pelo menos você poderia fazer um esforço para me ajudar", o pai havia dito.) Este ano, quando completou 16, ela foi autorizada a trabalhar na sala de correspondência, separando as cartas da escola em troca de um pequeno salário por hora. "Não é muito dinheiro", Diane disse ao pai em tom de desculpas. Ele apenas sorriu e respondeu que estava orgulhoso dela e a beijou com força. Disse que o importante na vida não era o dinheiro, mas a vontade de trabalhar. O pai de Diane admira pessoas que trabalham duro, não importa em quê, ao menos é o que ele diz. Ele diz que, muitas vezes, quanto menor o salário, mais significativo é o trabalho, embora ele mesmo seja muito bem remunerado como advogado, ainda que trabalhe *pro bono* às vezes.

Diane imagina que ele admirava Miss Martin porque ela era ótima secretária, anotando cada palavra dele com exatidão e lidando com as complexidades do computador com enorme eficiência, coisa que ele nunca aprendeu a fazer, tudo por um salário baixo. Ele deve ter pensado que ela seria uma esposa boa e dedicada.

Continuam sentados de frente um para o outro em silêncio, ouvindo ao mesmo tempo certos ruídos sinistros vindos da cozinha.

"Então, nada a informar?", pergunta o pai de Diane.

Ela encolhe os ombros e balança a cabeça.

O pai parece não ter ouvido falar das cartas e pacotes que desapareceram na sala de correspondência (às vezes, havia dinheiro nos envelopes; às vezes, biscoitos deliciosos nos pacotes). Parece que a diretora, a senhorita Nieven, não havia telefonado, como ameaçou fazer, para discutir o assunto. "Terei de decidir com seus pais o que fazer a respeito disso, Diane", disse a diretora, agourenta, na reclusão de seu escritório escuro, cercada de livros. "Francamente, não entendo seu comportamento. Você vem de uma família próspera; afinal, seu pai é advogado, e sua mãe, professora titular, com casa em East Hampton. Você está sempre bem-vestida. Sei que precisou lidar com mudanças difíceis na vida recentemente, mas você tem tudo de que precisa, não tem?", indagou a senhorita Nieven, encarando-a. "Percebe que esse é um problema grave. O que acharia caso seu pai lhe enviasse um pacote e você nunca o recebesse?"

"Meu pai nunca me enviou pacote nenhum, nem mesmo uma carta", respondeu Diane. O pai só a presenteia pessoalmente. Ela olhou para a senhorita Nieven e pensou que agora, talvez, como sua mãe estava na França, aonde foi com seu amante, um professor de francês que conheceu na universidade onde leciona filosofia em Southhampton, talvez enviasse pacotes para Diane. Ela espera que a mãe mande alguns livros franceses. Está aprendendo francês na escola. Gostaria de falar um idioma que não fosse sua língua materna.

Nesse momento, eles se distraem com um grande estardalhaço de pratos, panelas e frigideiras, e um forte odor de queimado.

"Vá lá ver ela precisa de ajuda, Gatinha", sugere o pai.

Miss Martin está parada no meio da cozinha grande e quente, com os armários de vidro e a velha mesa de madeira, com várias panelas borbulhando no fogão, uma frigideira fumegando e uma bandeja — Diane percebe que é a bela Wedgewood azul e branca, que seu pai herdara da avó de Connecticut, que está quebrada a seus pés. A mulher está, para consternação de Diane, chorando.

"Precisa de ajuda?", pergunta Diane enquanto seu pai entra na cozinha. Ele desliga o gás debaixo da frigideira fumegante e das panelas borbulhantes e tira uma vassoura do armário. Varre vigorosamente a louça quebrada do chão para uma pá e joga os pedaços no cesto de lixo. Diane e Miss Martin ficam paradas, observando-o. Ele diz em tom severo: "Vou comprar uns sanduíches", e Miss Martin chora ainda mais alto quando ele sai da casa, batendo a porta atrás de si.

V

À noite, em seu quarto, Diane fica acordada lendo. Choveu mais cedo naquela noite e, com a janela aberta, ela pode ouvir o som das ondas ao longe e sentir os perfumes frescos do jardim misturados a alguma coisa morta. À luz fraca da lâmpada de cabeceira, ela olha para a foto de si mesma e de sua mãe na cômoda e para o pequeno jarro prateado de rosas brancas que alguém arrumou ao lado. Teria sido Miss Martin? Do quarto ao lado, Diane ouve a voz alta do pai e o choro de Miss Martin. Ouve o lamento da mulher: "O que você quer que eu faça?".

Na manhã seguinte, quando Diane desce para a cozinha, seu pai havia comprado um bolo, preparava o café e até espremia as laranjas para o suco pessoalmente (ele gosta de suco de laranja espremido na hora). Miss Martin está sentada à mesa da cozinha, de roupão, olhos vermelhos e cabelo desalinhado, olhando fixamente para o nada, as mãos grandes cruzadas no colo, como uma hóspede infeliz.

Então o pai de Diane diz que tem trabalho a fazer, mas voltará e gostaria de almoçar exatamente a uma hora, se não for pedir demais. Ele as deixa sentadas lado a lado em silêncio à mesa de madeira onde a mãe de Diane cortava legumes e fazia sua sopa deliciosa.

Quando a porta se fecha à saída do pai, Miss Martin começa a chorar novamente, e Diane tem vontade de sacudi-la. O que há de errado com a mulher? Ela não parece capaz nem sequer de tirar os pratos do café da manhã e as cascas de laranja da mesa, o que Diane faz, empilhando as peças na lava-louças com um tinido. É óbvio que Miss Martin não está acostumada a cozinhas, mas a escritórios.

Ela olha para Diane e diz: "Um erro. Um erro terrível! Achei que seria tão diferente! Ele parecia um homem tão bom, um pai tão dedicado!".

Diane pensa nisso e não sabe o que responder, mas gostaria de concordar. Então ela pergunta: "O que eu posso fazer?".

Miss Martin olha para ela, aparentemente refletindo sobre o assunto. "Eu só queria poder fugir... O casamento é tão diferente do trabalho, de onde você pode escapar pelo menos à noite e nos fins de semana para se recompor. Isto aqui não tem pausa!"

Diane ri e diz que é verdade. "Sei exatamente o que você quer dizer sobre querer fugir."

"Sabe?", pergunta Miss Martin.

Diane pensa em quantas vezes quis fugir antes de finalmente convencer a mãe a mandá-la para o internato ao completar 13 anos.

Certa vez, tentou contar à mãe sobre o pai e o que ele fazia no carro na praia, no crepúsculo. Ela devia ter 9 ou 10 anos, mas a mãe a interrompeu no meio da frase. Quando ela disse uma coisa sobre a mão do pai e para onde foi, sua mãe pareceu incomodada e suspirou. Ela disse: "Meu bem, toda menininha inventa histórias sobre o pai. Na vida, é difícil separar o real da fantasia. Eu mesma me lembro de fazer isso quando era criança. Um dia você vai ler Freud e entender o porquê".

Diane não conseguiu pensar em nenhuma resposta na época. Agora ela diz para Miss Martin: "É, eu queria muito sair de casa. Às vezes, eu pensava em fugir".

"Fugir do seu pai?", pergunta Miss Martin, e olha para Diane, parecendo compreender.

Ela assente e diz: "Eu tentei contar para minha mãe, mas ela não entendeu".

O que Diane queria contar à mãe era que ela nunca inventaria uma história como aquela: era verdade, o pai levando-a para a praia ao anoitecer, deixando o motor do carro ligado e fitando o mar como se estivesse hipnotizado, murmurando para ela sem parar, tal qual as ondas batendo na costa, coisas que ela preferiria não ouvir. Ele suspirava e respirava de um jeito alto e esquisito, a mão se movendo em direções estranhas e surpreendentes. A cada vez, embora já temesse a possibilidade, era um choque, os dedos longos deslizando do joelho dele para o dela e fazendo um caminho como uma cobra entre suas pernas, acariciando-a como um gatinho, quase como se a mão não tivesse nada a ver com o pai.

No entanto, ele dizia por fim: "Você gosta, não é?", e ela, chorando, balançava a cabeça em negativa.

"Por favor, não", ela implorava.

"Ah, você gosta, sim, eu sei, é por isso que preciso fazer", ele repetia, a mão horrível continuando a acariciar e a sondar.

E o mais terrível era que a mão a excitava, deixando-a úmida até ela gozar — nem sabia o que estava acontecendo, mas sentia o alívio intenso e doentio, quando arfava, e ele dizia: "E agora você tem que me ajudar, por favor, Gatinha. Você sabe que sua mãe não ajuda", puxando a cabeça dela em direção a seu colo. Depois, dava presentes caros para ela, malas de grife, canetas bonitas, cachecóis lindos em cores vivas, e sua mãe reclamava. Sua única saída era a escola.

"Talvez sua mãe não quisesse entender", Miss Martin diz então.

"Ela finalmente conseguiu convencer meu pai a me mandar para o internato", conta Diane.

Miss Martin afasta os cachos escuros do rosto e exclama: "Ah, sim, o internato! Desculpe, com tudo isso acontecendo, esqueci de contar para você. Falei com sua diretora. Ela parecia muito zangada!".

"É mesmo?", responde Diane, abandonando os pratos e sentando-se à frente de Miss Martin, olhando para o rosto avermelhado de choro e os cachos escuros que caem frouxos sobre as bochechas, o roupão entreaberto no peito ossudo. "O que ela disse? O que *você* disse?"

"Eu disse que às vezes roubar pode ser um modo de pedir ajuda, que sua mãe foi embora de modo repentino e inesperado e seu pai se casou com a secretária logo depois, que você é, afinal de contas, uma aluna excelente — uma das melhores e um trunfo para a escola, candidata óbvia à Ivy League. Isso a amoleceu um pouco, mas ela mudou mesmo de tom quando eu disse que seu pai e eu estávamos pensando em dar um presente à sua excelente escola — mandei um cheque polpudo, na verdade."

"É mesmo? O que o papai disse?", pergunta Diane, levando a mão aos lábios.

"Ah... achei desnecessário contar para ele. Eu disse apenas que achava sensato sermos generosos com sua escola. Afinal, está chegando a hora de você se matricular na universidade, e você precisará de boas referências. Isso bastou. Na verdade, ele me elogiou pelo meu raciocínio rápido e me agradeceu por tomar conta de você."

"Caramba!", exclama Diane, arregalando os olhos admirados.

Miss Martin, apesar dos olhos vermelhos e do cabelo oleoso, apesar dos pratos, voltou a ser fascinante para Diane. *Como ela conseguiu pensar numa coisa dessas?*

De repente, Diane fica feliz por estar sentada na cozinha ensolarada à velha mesa de madeira onde a mãe cortava legumes e onde Diane pintava seu livro de colorir. Ela está esperançosa como ficava às vezes, quando criança, olhando pela janela e vendo os ramos da magnólia alta que balançam à brisa no céu azul, pensando que tem o verão todo à sua frente para aproveitar a praia e o mar e que poderá voltar à escola no outono.

"Felizmente, seu pai abriu uma conta conjunta para nós antes de nos casarmos, mas agora acho que..." E ela começa a chorar outra vez.

Diane diz: "Acho que sei como podemos conseguir pelo menos uma tarde de folga".

VI

Claro que elas não esperam que ele tentasse pular. Foi bem fácil retirar a escada do mezanino enquanto ele esteve lá sozinho à tarde, depois pegar as roupas de banho e sair com o Renault vermelho de Miss Martin. Apesar da incompetência da mulher na cozinha, ela é uma motorista veloz e excelente. Vão até o mar e saem para um longo banho — Miss Martin, aliás, é boa nadadora. Nadam juntas, deixando a praia para trás, mergulhando por baixo das ondas grandes e, em seguida, cavalgando-as de volta à areia.

Depois, vão de carro até Montauk para comer no restaurante favorito de Diane, que tem vista para o mar, onde pedem sopa de marisco, lagosta e cheesecake, que pagam com o cartão de crédito do pai de Diane enquanto ele anda de um lado para outro no sótão, cada vez mais enfurecido.

Quando elas voltam, o pai de Diane de fato tinha tentado pular do sótão, o que poderia ter feito sem se ferir, mas caiu em cima da escada que a filha deixou no andar de baixo. Ele está deitado ali, fazendo o tipo de ruído que Diane se lembra de ter ouvido no carro. Tem dificuldade para respirar. Mais tarde, os médicos descobrirão que ele perfurou um pulmão.

Miss Martin toma o controle da situação como se fosse sua secretária outra vez. Ela chama uma ambulância; depois, conversa com o pai de Diane, inclinando-se para falar no ouvido dele com seu sotaque sul-africano enquanto ele ofega no chão. Ela não diz nada sobre a escada, mas conta a ele que, em sua opinião, seria melhor não incomodar a filha no futuro, já que ela é uma jovem incrivelmente proativa (e de fato o pai de Diane não volta a incomodá-la e a observa com desconfiança o tempo todo até ela ir para a universidade).

Então, Miss Martin aperta a mão de Diane com firmeza, deseja-lhe tudo de bom e parte imediatamente de carro para — a jovem descobre mais tarde — esvaziar a conta conjunta. Diane nunca mais a vê, mas ainda pensa nela às vezes e acredita que a avaliação do pai quanto às habilidades da mulher estava correta: "Lembra-se de tudo, mas é absolutamente discreta; sempre está por perto quando você precisa dela, nunca quando não precisa".

MARGARET ATWOOD

MARGARET ATWOOD é autora de mais de cinquenta livros de ficção, poesia e ensaios críticos. Além de *O Conto da Aia*, seus romances incluem *Vulgo Grace*, que ganhou o Giller Prize no Canadá e o Premio Mondello na Itália; *O Assassino Cego*, ganhador do Man Booker Prize; *Oryx e Crake*, finalista do Giller e do Man Booker; e sua obra mais recente, *Os Testamentos*, a sequência de *O Conto da Aia*. Mora em Toronto com o escritor Graeme Gibson.

SEIS POEMAS

SEREIA CHOCANDO SEUS OVOS

Tantos humanos
distantes, pensando
que canção cantamos
para atrair tantos marinheiros
para a morte, admito,

mas que tipo? De morte,
quero dizer. Garras afiadas
na virilha, dor lancinante, presas
fincadas no pescoço? Ou
um último suspiro
que sai em êxtase, como
o do louva-a-deus macho?

Sento-me aqui em meu ninho mofado
de gravatas, relatórios
trimestrais e calções de jóquei
entre ossos e canetas,
e estufo os seios e plumas. Cantigas,

meus minimitos, meus ovinhos famintos,
sonhando em suas cascas brilhantes
perfeito segredo de mulher.
Mamãe está bem perto
e Papai deve tê-los amado:
vejam — ele deu toda sua proteína a vocês!

É dia de sair do ovo.
Coragem!
Logo ouvirei um toc-toc-toc, *ahoy*!
e vocês vão nascer, meus bebês,
cobertos de penugem, rosados e lindos,
batendo as asinhas emplumadas,
e ávidos com a música.

SUÍTE
THRILLER

1.

Bancas de jornal explodem
sem motivo. Livrarias também.
Você se agarra ao parapeito da janela
tagarelando com a adrenalina
enquanto a luz passa por você.
Que diabo, sussurra.
Essas palavras finalmente têm algum sentido.

2.

A mulher que você tinha certeza de te amar
não amava. Nunca amou.
Um coração enrugado ela possuía,
testículo num prato
morto há três dias.
Ela costumava cortar fruta para você,
deixar um uísque à sua espera,
facas e venenos na mente dela.
Agora ela usa óculos escuros.
Quem a seduziu?

3.

Aquelas meninas algemadas à parede...
você ria delas em filmes antigos.

Elas costumavam usar macacões rasgados.
Você achava que eram objetos de cena.
Mas agora estão em todo lugar,
nuas da cintura para baixo,
rosadas, pretas, roxas de hematomas.

4.

Muitos carros arruinados,
enfeitados de vermelho e cinza.
Cola de veia, geleia de cérebro
espalhadas pelo estofamento.
Eles nunca vão tirar o cheiro,
quem quer que limpe isso depois.
É uma arte.
Ninguém vê essa parte.

5.

Aquele homem mais velho de terno,
aquele com a pasta,
o zombeteiro, de cabeça raspada...
você já o viu antes.
Seu pai severo e cruel
que voltou dos mortos,
o pescoço dele, um emaranhado de suturas.
Ele diz *Eu mandei você não fazer isso.*
Será que você é à prova d'água?

6.

De repente tudo fica mais claro,
mas também mais obscuro.
Você não precisa amar ninguém.
Essa era acabou.
Mas como você se sente livre!
Leve, como se flutuasse
de telhado em telhado,
vertendo tempo de suas muitas perfurações
enquanto as pistolas Glock fazem tique e taque.

7.

Atrás de você estão os uivos.
À frente, uma esquina desconhecida.
Há pelos na sua nuca. Há medo.
Acorde! Acorde!
Em todos esses sonhos, você está caindo.

PASSAPORTES

Nós os guardamos, como guardamos aqueles cachos
colhidos dos primeiros cortes de cabelo
de nossos filhos, ou de amantes
abatidos muito cedo. Aqui estão

todos os meus, seguros num arquivo, com os cantos
podados, cada página gravada
com viagens de que pouco me lembro.

Por que eu estava vagando de lá para lá
para lá? Só Deus sabe.
E a procissão de fotos de fantasmas

alegando provar que eu era eu:
os rostos são discos cinzentos, os olhos de peixe
capturados no clarão do meio-dia

com o olhar de lanterna mal-humorado
de uma mulher que acabou de ser presa.
Em sequência, essas fotos são como um gráfico

das fases da lua desaparecendo na escuridão; ou
como uma sereia condenada a aparecer em terra
a cada cinco anos, e cada vez transformada

numa coisa um pouco mais morta:
a pele murchando no ar seco,
os cabelos escuros rareando enquanto secam,
amaldiçoada, quer sorria quer chore.

ASSINATURAS
DE ARANHA

Hora a hora eu assino a mim mesma...
uma mancha, um ponto, uma mancha,
semáforo branco no chão preto.

Merda de aranha.
O que resta do seduzido.
Por que é branca?
Porque meu coração é puro,
embora eu mesma seja dissimulada,

principalmente debaixo da estante:
um ótimo lugar para meus bolsos de seda,
minhas mechas e filamentos,
meus teares, meus berços preciosos.

Sempre gostei dos livros,
de preferência, edições baratas,
fragmentadas e manchadas de fezes de mosca.
A seus textos eu acrescento
minhas anotações, ríspidas e desalinhadas:

asas de mariposa, cascas de besouro,
minhas próprias peles trocadas
como luvas finas.
Boa comparação: sou quase toda dedos.

Porém, não gosto do chão.
Visível demais, eu me encolho, eu corro,
presa de sapatos e aspiradores,
para não falar dos espanadores.

Se você se deparar comigo de repente
gritará: pernas demais,
ou são os oito olhos vermelhos,
a bolha lustrosa do abdômen?
Gota de sangue do polegar, uva estourada:
é lá que você vai mirar.

Mas me matar traz má sorte.
Aceite:
antes de você existir, eu existo.
Eu providencio a chuva,
tomo muito cuidado,

e enquanto você dorme
eu pairo, a primeira avó.
Prendo seus pesadelos na minha rede,
devoro as sementes de seus medos por você,
sugo a tinta delas

e rabisco no seu peitoril
estas minúsculas glosas em *Is, Is, Is*,
canções de ninar brancas.

CASSANDRA RECUSA O DOM

E se eu não quisesse nada disso...
o que ele profetizou que eu poderia fazer
enquanto não me acontece nada de bom
e fico famosa para sempre?
Tingir meu cabelo de preto, furar o rosto,
vomitar energia em forma de tesão,
transar, revidar.
Chafurdar na fama desonrosa.

E se eu dissesse Não, obrigada
ao sr. Deus Músico,
ao sexo em troca de favores?
E se eu ficasse aqui mesmo?
Bem na minha pequena cidade natal?

(Que mais tarde será queimada.)
Pensando nos outros primeiro
sem homem e patética?
Eu teria uma bolsa de couro azul-escura,
e faria presentes de crochê de algodão
— chapéus de boneca, porta-papel higiênico —
que as sobrinhas jogariam fora depois.
Aí eu poderia chorar pelo fracasso,
pálida, murcha, menor.

Pelo menos eu não seria atrevida,
como uma donzela guerreira, como um para-lama.
Pelo menos não seria ousada
e vista com vida pela última vez
naquele dia em meados de novembro,
no posto de gasolina, tremendo, pedindo carona,
no crepúsculo, pouco antes.

ATUALIZAÇÃO SOBRE OS LOBISOMENS

Antigamente, todos os lobisomens eram machos.
Estouravam suas roupas de jeans azul
bem como as próprias peles rasgadas,
expunham-se em parques,
uivavam ao luar.
Coisas que os rapazes das fraternidades fazem.

Iam muito além dessa história de puxar o cabelo das meninas...
mordiam as rosadas e contorcidas
fêmeas, que gritavam *Wee wee*
wee até os ossos.
Ora, estavam só flertando,
e uma risada canina:
Corre, menina!

Mas agora é diferente:
não é mais específico ao gênero.
Agora é uma ameaça global.

Mulheres de pernas longas correm pelos vales
com agasalhos peludos, uma alcateia de excêntricas
modelos com vestes sadomasô da *Vogue* francesa
e memórias de curto prazo retocadas,
empenhadas na violência sem castigo.

Olhe as patas delas, com pontas vermelhas!
Olhe os globos oculares rangendo!
Olhe a gaze iluminada por trás
de seus halos subversivos de lua cheia!
Toda peluda, essa *belle dame*,
e não é um suéter.

Ó liberdade, liberdade e poder!
elas cantam ao trotar por cima de pontes,
traseiros ao vento, rasgando gargantas
em trilhas, irritando corretores.

Amanhã elas voltarão a usar
a roupa preta da gerente intermediária
e sapatos Jimmy Choos,
com horas que não podem explicar
e o sangue do primeiro encontro nos degraus.
Farão alguns telefonemas: *Adeus.*
O problema sou eu, não você. Não posso dizer por quê.
Vão sonhar com caudas brotando
nas reuniões de vendas,
bem na frente das câmeras.
Terão ressacas viciantes
e unhas arruinadas.

JOYCE CAROL OATES

JOYCE CAROL OATES é autora de várias obras de ficção, poesia e não ficção. É a organizadora das coletâneas *New Jersey Noir* e *Prison Noir*, ganhadora do National Book Award, do PEN America's Lifetime Achievement Award, da National Humanities Medal e do World Fantasy Award for Short Fiction. Mora em Princeton, New Jersey, e recentemente tornou-se membro da American Philosophical Society. Oates participa da coletânea *Seres Mágicos e Histórias Sombrias* (DarkSide® Books, 2019) com o conto "Figuras Fósseis". Siga a autora em twitter.com/joycecaroloates.

ASSASSINA

Assassina. Som sibilado de serpente. Chegou-me primeiro pelos canos do aquecedor. Acordei com a boca aberta e ferida e supurada por conta do que fizeram enquanto me forçavam a dormir um sono drogado naquele lugar terrível.

Depois, o sussurro da esperança — *Assassina. Assassina!*

O quarto em que fui alojada na Casa Saint Clement, essa foi a primeira ofensa, era imperdoável. O quarto, a cama, a cama com um colchão fedorento e encaroçado, num andar alto. Tive de subir escada. Com meus tornozelos inchados, com meu peso. Arfando como um cachorro. Tive de percorrer o corredor estreito feito um rato num labirinto. Uma ofensa à minha idade. *Pré-diabetes* foi o diagnóstico. *Hipertensão.* Ser mandada para um alojamento como esse, numa sótão podre, teto baixo, sem privacidade, eu precisei dividir um banheiro medonho com estranhos; não era justo nem digno.

A Casa Saint Clement, onde os moradores são funcionários e os funcionários são moradores. "Vocês vão cuidar uns dos outros", disseram para nós. Desgraçados esnobes, todos eles. Há enfermeiras, auxiliares de enfermagem e atendentes (pagos), mas não são muitos, por isso somos todos obrigados a ajudar uns aos outros (sem pagamento) quando necessário. O dr. Shumacher é o psicólogo residente, mas o dr. S. não mora na casa e não passa nela mais tempo do que o necessário e o desgraçado se livra de nós às cinco da tarde e toma seu rumo. Eu deveria ser igual ao dr. S. (pois recebi educação formal), mas fui despojada do meu destino em razão do meu sexo (feminino). Além de inimigos ocultos no governo. Depois de receber alta do "hospital" onde fui mantida (contra minha vontade) por oito meses. Consideraram que não estava pronta para voltar a uma vida normal e assim fui condenada a uma casa de recuperação e reintegração, como dizem (ridiculamente). Casa de desintegração meia-boca, isso sim. E agora, a pior ofensa, ser mandada para um dos quartos no sótão do quinto andar onde, aos 53 anos, poderia ser avó da maioria dos moradores. E não sou drogada nem beberrona. Também não estou gagá, como certas pessoas. Não sou uma puta nojenta — de jeito nenhum, mas forçada a coabitar com esses espécimes aleijados da humanidade em troca de cama e comida até me recuperar e morar sozinha e suprir minhas próprias necessidades.

Minha única amiga não mora aqui. Minha amiga querida como uma irmã, que conheço desde a escola primária de St. Agatha, é Priss Reents, que tem minha idade e é robusta como eu, com rosto comum e sincero como massa de pão crua. Priss Reents disse que posso morar com ela quando eu estiver bem outra vez, num quarto em sua casa, e se puder pagar só alguns dólares por semana para ajudar com o aluguel e as despesas. É muito surpreendente — Priss Reents é faxineira do primeiro-ministro em pessoa, dá para acreditar? —, mas é verdade; há trinta anos, Priss Reents trabalha para o mesmo serviço de limpeza contratado na residência do primeiro-ministro na Queen's Square, mas se você perguntar à mulher como é o primeiro-ministro, ela vai piscar e gaguejar e fazer cara de quem não sabe.

Acho que não o vejo muito, não vejo nenhum deles.

Uma mulher maçante, diferente de *mim*.

Bem, eu sabia que Priss Reents limpava a residência do primeiro-ministro e o fazia havia vários anos, mas nunca pensei muito nisso até aquele dia, quando acordei confusa e de boca seca, sem saber onde diabos eu estava. Sibilos no aquecedor — *Assassina*.

Adoro o som desta palavra — *Assassina!*

Não *matadora* — nem *homicida*. Essas são palavras comuns. Nem mesmo *executora*. (Embora exista algo nessa palavra que estou começando a admirar.)

Assassina. Executora. A serviço da justiça e da dignidade.

A ofensa do meu quarto no quinto andar e do modo como somos alimentados aqui na *casa de desintegração meia-boca*. Mingau de aveia frio e grudento de manhã, e, quando cuspi na colher a porção que estava na boca, tive nojo de ver o que parecia um pedaço pequeno e murcho de carne.

Seu próprio coração — o sussurro veio até mim, rindo.

Porém, a ideia do *assassinato* demorou a me ocorrer. Perdi a noção dos dias desde aquela época, mas pode ter levado pelo menos um mês. O que começou no sibilo, num sonho, e se espalhou para além do sonho, como uma batata criando raízes no solo úmido — *Assassina*.

De alguma forma, ocorreu-me que eu serraria a cabeça do cretino arrogante, o primeiro-ministro. Esse seria meu destino, não o outro — não ser o dr. S. e governar os mentalmente debilitados, viciados e as putas, pois eu fora despojada dessa carreira, mas disso eu não seria despojada e entraria na história como a hebreia Judite em seu triunfo sobre Holofernes.

Assassina. Assassina! Demorei para perceber e aceitar, como acontece com quem ganha na loteria e não se atreve a acreditar. *Eu... ganhei? A vencedora... sou eu?*

Quase pude ouvir as multidões aplaudindo na TV.

Que filho da puta asqueroso e arrogante era o primeiro-ministro, via-se claramente na TV. Solteirão — nunca se casou. Não é pior do que ninguém em qualquer um dos "partidos políticos", mas é o mandachuva, e a porcaria da cabeça dele merece ser serrada. E é adequado: a mesma pessoa que esfregava sua privada imunda deveria serrar sua cabeça.

Sabe, ninguém nos enxerga. Essa será nossa vingança.

Uma mulher de meia-idade, baixa e atarracada como Priss Reents/eu passa invisível pelo mundo. Ela/eu temos joanetes, varizes, tornozelos inchados. Ela/eu sentimos falta de ar quando subimos escada. Que inferno, sentimos falta de ar até descendo. Menos de um metro e sessenta, mais de 75 quilos. Há décadas que ninguém olha para nós. Nenhum homem nem rapaz na memória. Merecemos tanto respeito quanto qualquer um de vocês, mas não recebemos seu respeito de merda; então, vão pro inferno.

Na verdade, essa é nossa força. Uma *assassina* na figura de uma faxineira de meia-idade, com o rosto corado e ofegante depois de subir as escadas, seios que parecem balões desmoronando até a cintura, coxas e nádegas gordas, e uniforme de náilon — quem desconfiaria?

Quê, ficou doido, cara? Aquela tiazona? Aquela ali é a faxineira, fala sério, cara. Deixa ela entrar.

Foi mais ou menos assim o que aconteceu naquela manhã. De modo muito inteligente, triturei meia dúzia de soníferos a fim de dissolvê-las no café de Priss Reents, que a mulher dilui em tanto creme e açúcar que aquilo deixou de ser café e se transformou numa mistura doce repugnante. E querem me convencer de que eu é que tenho *pré-diabetes*.

Então, não tive dificuldade para vestir o uniforme de Priss Reents enquanto ela dormia um sono profundo e roncava de boca aberta e, de fato, as calças de náilon com elástico na cintura me serviram perfeitamente. Não é difícil representar Priss Reents, que se parece tanto comigo que podia ser minha irmã gêmea.

Assim, mesmo que um segurança tivesse pensado em olhar de verdade para mim, teria visto Priss Reents, não eu, pois era a foto de identificação de Priss Reents que estava no crachá preso ao meu peito caído até a cintura, e ele nem teria prestado atenção à foto com nojo desse tipo de busto feminino. Além disso, Priss Reents usava uma touca de tricô insípida para disfarçar o cabelo ralo, o que também me convinha.

Ok, senhora. Pode entrar.

Se um homem olhar de relance para você, se você for Priss Reents/eu, os olhos dele estarão tomados pelo tédio. Nem por um instante ele *vê*.

Deixaram-me entrar sem hesitação. Exatamente como planejado. Arrastando um aspirador de pó com rodas, esfregão e balde, sacola de lona contendo diversos panos, escovas e materiais de limpeza. Com perguntas inocentes a Priss Reents, descobri que corredor chegava aos aposentos particulares do primeiro-ministro, e lá rapidamente deixei para trás os produtos de limpeza e procurei no interior chique o cretino desgraçado, por quem eu sentia um ódio atroz como se, no sonho da noite anterior, ele tivesse me ofendido pessoalmente, como tantos outros o fizeram. Você se surpreenderia tanto quanto eu com a rapidez com que andei com meus tornozelos inchados. O que me faria perceber, depois, refletindo sobre esse episódio, como o *assassinato* acabou sendo uma conclusão inevitável, como o último movimento num jogo de xadrez, só que até recentemente a *assassina* não tinha sido nomeada. E eu imaginaria se haviam procurado outros para serem o *assassino* nesse caso, e esses outros se mostraram inferiores, por isso decidiram que seria eu, sabendo que eu não fracassaria. Pois deviam ter ouvido falar de mim — minha vida anterior, minha educação que não dera em nada, a agudez da minha inteligência embotada por uma miríade de decepções das quais não tinha culpa nenhuma.

No quarto, com suas meias (de seda preta), lá estava o primeiro-ministro diante de um espelho de três folhas, franzindo a testa enquanto abotoava a camisa de algodão branca recém-passada, de costas para a porta, sem desconfiar de nada, pois Priss Reents jamais ousaria entrar em nenhum cômodo da residência antes de bater humildemente na porta, e, se como não houve batida, não poderia haver invasão; se não houvesse invasão, não seria possível que houvesse um golpe repentino na cabeça, por trás, que chegou tão depressa à penumbra do espelho que o alvo não teve chance de tomar fôlego, de escapar do forte golpe de uma urna de estanho tirada de um aparador, que racharia o crânio frágil no mesmo instante. *Você saberá o que fazer na hora* — a voz sibilante instruíra vindo do aquecedor, e assim foi. Numa cozinha contígua havia facas elegantes e afiadas num painel magnético, e escolhi uma com lâmina serrilhada, e pela meia hora seguinte ou mais ocupei-me em serrar a cabeça do primeiro-ministro enquanto ele jazia deitado, indefeso, num tapete chique e felpudo no chão. Esse "político de carreira" (como era conhecido) que tinha tantos inimigos em nosso país; um bom número deles se alegraria com meus atos e me agradeceria por meu patriotismo. Separar a cabeça (viva) de um corpo (vivo) não é tarefa fácil e é muito sangrenta e cansativa, como você pode imaginar, mas o primeiro-ministro ficou completamente inconsciente com a pancada no crânio e não pôde oferecer resistência.

A Cabeça (como eu a chamaria) passou a ser minha assim que foi separada do corpo. Era maior do que se imaginava, e mais pesada. E muito sangrenta, com veias e tendões e nervos retorcidos gotejando sem parar do pescoço rasgado. E a pele do rosto era áspera e estava escurecendo, como se por desgosto. E os olhos entreabertos, pesados como os de um bêbado. E os cabelos eram finos, grisalhos, não os belos fios de prata quase brancos que a gente está acostumada a ver nas aparições públicas do primeiro-ministro — uma peruca que (obviamente) ele encaixava na cabeça quando deixava seus aposentos.

"Perdeu a peruca, foi, querido?" — a piada saiu sem aviso dos meus lábios.

Fiquei pensando se esta seria uma nova característica minha: uma espécie de humor coquete. Pois era muito diferente do que costumava ser na presença dos homens, posso garantir.

A Cabeça estava muito atordoada para responder. Dos olhos, o esquerdo tinha praticamente desaparecido dentro da cavidade ocular, enquanto o direito se esforçava para me focalizar, para determinar o que era o quê. Afinal, o primeiro-ministro não chegara àquela posição no governo sem ser perspicaz. Tanto por gentileza quanto por travessura, procurei a peruca num banheiro adjacente e a coloquei no crânio quase calvo, ajeitando-a como pude, pois, mesmo em seu estado decapitado, o primeiro-ministro era uma espécie de galã.

A gente quase sorri ao constatar a vaidade de um homem num momento como esse.

Então, saí logo dos aposentos do primeiro-ministro levando o aspirador de pó, o esfregão e o balde, a sacola de lona. E dentro da sacola, embrulhada em plástico para evitar que o sangue vazasse, a Cabeça. E um bocado de desinfetante para fazer as narinas arderem.

A gente não é inspecionada ao sair da residência do primeiro-ministro. Só há precauções contra entrar com um instrumento mortal, e quando a gente sai é por uma porta diferente.

Porém, era cedo — nem oito da manhã. Se tivessem um pouco de juízo, talvez questionassem por que a faxineira estava saindo tão cedo, mas na verdade não prestaram mais atenção nela do que numa mosca que zumbisse pedindo para sair.

Por meio de Priss Reents, eu sabia que a limusine preta e lustrosa que levaria o primeiro-ministro até o Parlamento só chegaria às oito e meia, portanto ninguém sentiria falta do falecido até lá.

O corpo sem cabeça eu deixara coberto por uma colcha da cama desarrumada. *Sem cabeça*, um corpo não é muito interessante e é intercambiável com outros do seu sexo, imaginei.

Com os sapatos de sola de borracha de Priss Reents, tirei o crachá com a foto de Priss Reents do peito e usando um cardigã de náilon grosso num tom incomum de violeta, que não lembrava Priss Reents em nada, removi a touca de lã insípida, peguei o ônibus para Land's End até o ponto final. Há um lugar que eu sei que não visito há anos, mas conheço bem, atrás de um calçadão na praia, numa área do litoral que já não é muito frequentada, e não seria fácil descobrir a Cabeça por ali. Meu plano era enterrá-la na areia úmida e grossa com cuidado, pois essa decisão, parte do *assassinato*, parecia ter sido deixada para mim; como muitas vezes acontece, os sabichões explicam o que fazer, mas deixam de incluir instruções completas, e aí você mesma precisa resolver. As mulheres estão familiarizadas com isso; não foi nenhuma surpresa para mim. A Cabeça compreendeu meu plano, pois o olho direito estava fixo em mim, alarmado. Embora pálido e sanguinolento, esse olho estava bem focado. *Não me abandone* — implorava.

Que bobagem! Eu não daria ouvidos a essa besteira. Em vida, o primeiro-ministro tinha um jeito bajulador de ser, sobre o qual muito se comentava. Um cretino de primeira categoria, o primeiro-ministro. Um quarto de seu sangue era escocês, diziam por aí. Um daqueles espertos que conseguia, com *sangue nos olhos*, tudo do seu jeito se a gente não tomasse cuidado.

Então, escondi a Cabeça num lugar seguro atrás de uma banca fechada. Ainda na sacola de lona, mas era uma sacola tão suja que nem aos olhos mais desesperados valeria a pena roubá-la. A essa altura eu estava com muita fome e saí para comprar um lanche no calçadão, depois voltei, e lá dentro do saco estava a Cabeça, o rosto vermelho de vergonha e desgosto e o olho esquerdo à deriva, mas o direito piscava à luz forte do litoral, acusador. *Não me abandone. Por favor! Seu segredo está a salvo comigo — não vou contar o que você fez.* E, em tom comovente: *Não me enterre como se eu fosse lixo, eu imploro.*

O que a Cabeça mais temia era ser enterrada viva. Tive pena dela, pois entendia como era estar nessa circunstância.

Eu decidiria em poucos dias, pensei. Enquanto isso, a Cabeça é inofensiva. Estamos num lugar coberto onde não há ninguém para ouvi-la, e ela não pode fugir (é claro). Eu a coloquei num prato com um pouco de água, para mantê-la hidratada, assim como manteria hidratada uma suculenta, agora que o sangramento havia cessado, ou quase. No alto do couro cabeludo ajeitei a peruca prateada, já que a Cabeça teme ser vista sem ela.

A Cabeça logo se tornou uma presença familiar. Como um marido com quem se está há muitos anos. (Já tive marido. Acho que me lembro disso, mas do homem verdadeiro, e de mim como sua mulher, não me lembro.) *Por favor, tenha piedade. Por favor, me ame. Não me enterre* — a Cabeça se atreve a sussurrar. E: *Beije minha boca! Eu amo você. Por favor.*

Mas esse pedido me faz rir. Não vou beijar sua boca, nem boca nenhuma. Estou calculando onde enterrá-la, na verdade. Um pouco mais longe da costa, mas fundo o bastante para que as gaivotas não farejem, desenterrem e criem confusão. Não, sou muito inteligente para isso. O fato é que estou só sentada aqui, descansando, e estou pensando, e quando terminar de pensar saberei com mais clareza o que fazer, e não vou receber nenhuma ordem sua, meu senhor, nem de qualquer outro senhor, nunca mais.

LAUREL HAUSLER

Pintora, escultora, ilustradora e fotógrafa de Washington, D.C. Seu trabalho aborda cenas sombrias e misteriosas da experiência feminina num mundo incerto. Saiba mais em www.laurelhausler.com.

DALLAS
DALLAS
DALLAS
DALLAS
DALLAS
DALLAS
DALLAS

NOIR
NOIR
NOIR
NOIR
NOIR
NOIR
NOIR

DARKSIDE

"Baby, I'm a sociopath
Sweet serial killer on the warpath
'Cause I love you just a little too much"
— LANA DEL REY —

DARKSIDEBOOKS.COM